KAFFEE IST ALLE

VON
JO BERGER

Alltagssituation mit einem Schmunzeln durchleuchtet, seziert und auf den Punkt gebracht.

Beim Lesen dieser Lektüre ist es gestattet, zu lächeln und sich ein Loch ins Knie zu grinsen.

Warum bleiben wir bei der Werbung vor dem Fernseher sitzen? Haben eigentlich auch Männer Problemzonen? Wieso ist es gleich, ob wir ins Kino oder in Theater gehen? Warum beneidet mein Hund die Chinesen, und weshalb sind Mütter stets flexibel, einsatzbereit und nie krank? Wenn einer die Antworten weiß, dann ist das Heiner. Mein Vater. Sie kennen ihn noch nicht? Vielleicht doch. Diese Spezies ist recht häufig vertreten. Habe ich mir sagen lassen.

W0378397

INHALTSANGABE

Alltägliches

Neulich im Theater

Dann und wann wünschen wir, mein stets weiser Ehemann und ich, einen gepflegten Abend abseits unserer Freunde und sonstigen Familienanhanges zu verbringen, und besuchen ein Theaterstück.

Wir nehmen dies zum Anlass, uns der bequemen, alltagstauglichen Kleidung, wie wir sie in den heimischen Abendstunden zu tragen pflegen, zu entledigen und in etwas Unbehagliches zu schlüpfen. Mit einem tränenden und einem erfreuten Auge legen wir den Schlabberlook beiseite und schälen die Abendgarderobe, welche vorzugsweise in Schwarz gehalten ist, aus ihrer Schutzhülle. Das Binden der Krawatte wird aus Vorsichtsgründen bereits eine Woche zuvor erprobt.

So entschieden wir uns für ein Schauspiel mit literarischem Anspruch. Unsere Wahl fiel auf das Stück: „Wenn du geredet hättest, Desdemona“. Fiktive Reden von Frauen aus Geschichte und Literatur von der Antike bis zur heutigen Zeit nach dem Buch von Christiane Brückner. Insbesondere die Rede der Hetäre Megara an Lystrate und die Frauen von Athen interessierte mich brennend. Ebenso die Darlegung von Maria in der Wüste oder die Worte der Effi Briest. Der kleine gedankliche Seitengang, dass durch dieses Thema mein Mann etwas über weibliche Ansichten hinzulernen könnte, sei hier nur am Rande erwähnt.

Es versprach, ein höchst unterhaltsamer Abend zu werden.

Lange vor Beginn kamen wir im Schauspielhaus an und nahmen einen kleinen Drink im Theatercafé. Die feudale Atmosphäre, der Geruch von Kultur und die wohltuend verhaltenen Gespräche anderer Theaterbesucher berieselten uns bereits vor dem kulturellen Hochgenuss auf angenehmste Art und Weise.

Lediglich eine blond gewellte Dame im Dirndl drei Stehtische neben uns wirkte ein kleines bisschen deplatziert. Ihre roten Wangen verrieten Aufregung. Offenbar schien dies ihr erster Besuch in einem Rahmen wie diesem. Mein kritischer Mann erwähnte beiläufig, dass er einen akuten Fieberschub bei der Lady nicht ganz ausschließen könne. Schnell zerstreute ich seine Bedenken und schob ihr rot glänzendes Gesicht dem Sekt zu. Sie hustete ein wenig. Na und? Jeder verschluckt sich mal.

Der Gong rief uns in den heiligen Saal. Wie es sich gehört, ließen wir uns unsere Plätze zeigen, schritten leise und manierlich durch die Reihen, bevor wir uns etwa in der Mitte, achte Reihe von vorn, ehrfürchtig niederließen. Hach, wie aufregend. Da war ein Rascheln und Raunen, ein Flüstern und Hüsteln.

Die rotgesichtige Dirndlträgerin nahm den Sitz hinter uns.

„Die hat Fieber!“, raunte mein Mann leicht panisch.

„Ach was, nur zu viel Sekt“, beruhigte ich zuversichtlich. Schließlich ginge kein Mensch mit erhöhter Temperatur ins Theater.

Noch bevor er etwas erwidern konnte, wurde das Licht gedämpft. Erwartungsvolle Stille breitete sich aus. Endlich.

Dirndl bekam einen Hustenanfall. Ein maskulines Schwergewicht schräg vor uns drehte sich überraschend wendig um und zischte ein verächtliches „Pscht!" in meine Richtung.

Der Begleiter der Fiebrigen klopfte ihr wohlmeinend und deutlich hörbar den Rücken, was diese zu einem Stakkato von kurzen Hüsterchen veranlasste, während sie versuchte, dem Klopfenden etwas mitzuteilen. Zu mir drangen nur einige Wortfetzen, unterbrochen von Hustenanfällen, Lufthochziehen und vielfältigen „Pschts" aus unterschiedlichen Richtungen. Die Worte Hustenbonbons, Aspirin und Vollidiot waren deutlich herauszuhören.

Aber ich bin gut im Ignorieren unliebsamer Lärmquellen. Auf Dauer können sie die Konzentrationsfähigkeit und den Schlafrhythmus stören, außerdem Tinnitus und Herz-Kreislaufbeschwerden auslösen. Ich kann störende Umgebungsgeräusche auf null Dezibel drosseln. Eine sehr erstrebenswerte Eigenschaft, die eine Mutter im Laufe der frühkindlichen Entwicklung des Nachwuchses zu erlernen imstande ist. Im Ausblenden bin ich gut. Außer, ich sitze im Theater.

Applaus! Der Vorhang öffnete sich. Die Indisponierte schien zur Erleichterung aller mit einem Hustenmittel ruhiggestellt. Und ich war bereit, mich der Darbietung mit Leib und Seele auszuliefern. Es konnte losgehen. Kultur, komm über mich.

„Entschuldigung. Verzeihung. Darf ich mal. Danke. Ach Gottchen, ist mir das peinlich. Die Uhr … Sie verstehen. Hahaha …"

Voluminöse Oberschenkel in abgetragenen Jeans zwängten sich an meiner zarten Abendgarderobe vorbei und ich unterdrückte den Impuls, dem Träger die Spitze meines schwarzen High Heels in den Fußspann zu bohren. Können Sie sich vorstellen, wie dämlich eine Dame im Abendkleid mit angezogenen Knien aussieht?

Mr. Jeans und Gattin Cordhose an Polyesterbluse ernteten solidarischen Unmut, bis sie schließlich an Platz achtundzwanzig gelangten. Unerhört, Bauerntölpel, Kulturbanausen! Ich schnaubte verhalten durch die Nase. Bis zum Zwischenakt hätten sie warten sollen. Leise und geduckt mit Handschellen und Maulkorb gehörten sie reingeführt. Ach was, abgeführt, mitsamt Dirndl und Husten.

Ruhe kehrte ein. Als Auftakt erklang das Gebet von Maria in der judäischen Wüste. »Wo hast du deine Sprache verloren, Maria?«

Schon versank ich in diesem Meisterwerk, in dieser überaus ergreifenden Darstellung der Mutter Jesu.

„Die muss doch da irgendwo …, hast du nicht …? Herrje, wo ist das Wasser? Friedrich!“

„Warte. Ich hab’s gleich. Muss das jetzt sein? Jesus, Maria und Joseph!“

Ja! Maria! Da vorne, du Fettbacke. Maul halten. Wir sind hier im Theater, nicht im Kino.

Liebend gerne hätte ich mich umgehend mit dem Stopfen von hustenden und meckernden Mündern beschäftigt, um nachfolgend mit Ruhe und Besinnlichkeit dem Schauspiel folgen zu können.

„Ich habe Durst“, jammerte Dirndl, „Mein Hals ist so trocken“.

„Pscht!“

„Pst!“

„Leise!“

Anscheinend befand sich nicht nur Maria in der Wüste. Dirndl öffnete die gefundene Flasche. Es zischte. Es sprudelte. Dann gluckerte es. Offenbar trank sie die Flasche mit einem Zug leer.

„Ah«, hörte ich sie definitiv zu laut aufstöhnen. »Das hat gut getan. Danke, Friedrich!“

Vor meinem inneren Auge wischte sie sich mit dem Handrücken über den Mund und verteilte dabei großzügig Lippenstift auf Wange und Kinn. Ich wartete auf den Rülpser. Leider vergebens.

Wir hofften auf Besserung und blickten beherrscht zur Bühne. Die freie Sicht besänftigte unsere aufgewühlten Gemüter. Wir hatten Glück. Die Plätze direkt vor uns blieben unbesetzt.

Moment! Vor uns saß niemand. Ganze vier Plätze nicht. Kaum gedacht, schon geschehen. Grimmiges Geraune und fassungsloses Gemurmel von weit links kündigte Schreckliches an.

„Eh, voll die coole Location hier!“

„Ja, ey. Echt krass, Alder!“

„Wer isn die Tussi da vorne?“

„Ey! Hörma Jason, das is Maria, die von Jesus und so. Hasdu nich Programm gelesen, du Opfer?“

Alle Arten der Ungläubigkeit und „Pscht-Vielfalt“ kreiste uns ein und wühlte sich wie eine Welle durch den Raum. Die Unherhörts, Frechheits und Banausens zählten wir nicht mehr.

Leise weinten wir in unser Programmheft und starrten nach vorne. Maria sah hübsch aus, das musste reichen. Verstehen konnten wir sie nicht.

Offenbar fühlte sich die kuriose, kulturbegeisterte Gruppe auf den Plätzen vor uns recht behaglich, unterhielten sie sich doch lautstark darüber, wie ihnen diese „Szene“ gefällt. Besser als im Kino, so ganz ohne mit Werbung und so ein Scheiß. Krass.

»Diese Megadingsda ist voll die Sahneschnitte.«

»Hemisphäre, du Vollpfosten. Gib mal die Chips rüber.«

„Hetäre!“, brummte mein stets gelassener Mann zornesrot. Ich zog ihn auf den Sitz zurück und tätschelte ihm die Hand. Es hätte schlimmer kommen können. Wir hatten weder Fieber noch Husten und unser pubertierender Nachwuchs war weit weg.

„Pscht!“

„Friedrich? Hast du mal ein Taschentuch? Danke. Hatschi!“

„Ey, Marcel, mach ma den Cola auf.“

„Voll die Idee! Isch mach jetzt ein Foto von der Tuss!“

„Mach dein Handy aus, ey! Iss nich erlaubt hier …“

»Bist du sicher, Martinus?«

Oh, Letzteres kam von der Bühne. Der Rest von Megaras Monolog ging im Klingelton eines Handys ungehört an uns vorüber. Indes weilte das Stück bei den Tischreden der Katharina Luther, und Mrs. Polyesterbluse litt unter akuter Blasenschwäche.

Nebenbei bemerkt stärkt wiederholtes, regelmäßiges Anheben der Beine im Sitzen, mit einer leichten Drehung zur Seite, die Bauchmuskulatur. Und bringt meinen Mann zum Rasen.

Nachdem die Worte von Klytamnestra an den toten Agamemnon, König von Mykene, im Rascheln der Chipstüte verhallten, schloss sich der Vorhang, begleitet von dröhnendem Applaus.

Pause.

Wir, mein stets beherrschter Mann und ich, teilen die Meinung, dass wir den nächsten kulturellen Ausflug dieser Art möglicherweise ein klein wenig verschieben. Genau genommen und aus Gründen des Seelenfriedens ist einmal im Jahr doch recht häufig. Eventuell sollten wir über den Besuch einer Oper nachdenken. Oder eines Balletts? Oder vielleicht doch wieder Kino? Einen Unterschied macht es heutzutage ja sowieso nicht mehr.

Schönes Wetter ab fünfzig Grad

Wenn der Mensch viel arbeitet, braucht er ab und an ein wenig Urlaub. Die Einen zieht es ins Kühle, die Anderen an Palmenstrände. Meine Freundin Silke und ich gehören zu den Anderen. Spontan entschlossen wir uns zu einem Pauschalurlaub in Zentraltunesien, in der Nähe von Monastir. Faszinierende Wüste. Respekteinflößend und fesselnd. Der nötige Ausgleich für Monate der Arbeit und Strapazen.

Auf einem Teil der Reise bot uns das Hotel Karawansarei bei Douz, am Rande der Sahara, innerhalb eines pauschal gebuchten Ausflugspaketes, Quartier für eine Nacht. Das Etablissement wirkte von außen eher wie eine Festung als eine Stätte der Entspannung.

Am nächsten Morgen weckte uns ein Scheppern von tausend Topfdeckeln erwartungsgemäß zur Unzeit. Man jagte uns aus den Zimmern und warf die Koffer hinterher. Kurz darauf karrte uns ein klimatisierter Bus direkt bis vor die Beduinenzelte und kippte uns quasi auf die Rücken der geduldigen Kamele.

Unbeschreibliche Eindrücke brannten sich auf Jahre in unser Gedächtnis. Dieses weite Land fernab jeglicher Zivilisation legte sich mit seiner allumfassenden Ruhe wie Balsam auf unsere Seelen. Und auf die aller anderen getriebenen Pauschaltouristen.

Die beeindruckende Weite, der feine Sand, die sich am Lagerfeuer vor ihren Zelten wärmenden Beduinen, dies alles übte eine unglaubliche Faszination auf uns aus. Wir und die anderen achtundsiebzig Mitreisenden seufzten einen kurzen Moment entspannt auf.

Die Vorfreude auf den Ausritt zu einer Oase, die, wie man uns mitteilte, knappe zwei Stunden entfernt lag, oder nur unwesentlich mehr, ließ unsere Augen leuchten.

So brachte uns ein kurzweiliger, kaum vierstündiger Ritt auf den gutmütigen Wüstenschiffen bei gefühlten vierzig Grad im Schatten zur versprochenen Wüstenoase. Genauer, an einen Kiosk.

Ein Kiosk? Mitten in der Wüste? Ja, ein Kiosk mitten in der Wüste! Egal, wir alle lechzten nach Wasser und einem Stückchen Brot. Der Kamelführer hob die Hand und rief etwas Unverständliches, woraufhin die Kamele abrupt stehenblieben, sich nach vorne absenkten, und schließlich das Hinterteil ebenfalls zu Boden senkten. Silke kippte fast vornüber, blieb jedoch zum Glück mit ihrer Gürtelschnalle am Sattelknauf hängen.

Kaum waren wir abgestiegen, gab uns der liebenswürdige Beduine mit Handzeichen zu verstehen, dass wir uns hintereinander aufstellen sollten, um dem begehrten Nass inmitten der Wüste möglichst bald habhaft zu werden. Also taten wir das, was alle Deutschen gut können: Wir reihten uns in die Warteschlange und fühlten uns wie zu Hause.

Noch keine halbe Stunde später vernahmen wir von weit vorne einen Ruf.

„Seht!“, rief ein verdurstender Mitreisender beglückt, „Seht nur!“ Mit ausgestrecktem Arm deutete er auf ein aufgestelltes Schild mit der Aufschrift: Trinken - Essen - Badeartikel.

„Trinken!“, jubilierten wir und erhoben die Hände, „Essen!“ Und etwas skeptisch „Badeartikel?“

In diesem Moment brach eine Frau vor uns in Tränen aus. „Ein Pool! Oh mein Gott, ein POOL!“

Tatsächlich. Kurz nach dem kleinen, weißen, in der Ferne kaum erkennbaren Gebäude leuchtete etwas Blaues. Die Verlockung zerriss mich fast.

Silke heulte: „Was sollen wir tun?“

„Warten“, krächzte ich in einem Anflug von Selbstbeherrschung.

Die gesichtslose Masse am Anfang der Schlange konnte jedoch nicht an sich halten. Zu nah leuchtete das erfrischende, kühle Blau des Wassers. Kurzerhand überwältigten einige von ihnen den Kamelführer, der erfolglos versuchte, den Mob zurück in die Reihe zu zwingen.

„Wollen wir auch in den Pool?“, hauchte Silke zwischen vertrockneten Lippen hervor.

„Niemals“, stöhnte ich, während ich mir die letzten Schweißtropfen von den Armen leckte.

Trinken! Essen!

Nach zwei Stunden brach eine dehydrierte Frau vor mir zusammen. Ein gnädiger Mitreisender trat kühn aus seiner gesicherten Position und zog die Glückliche bis an den Pool. Dann stürzte er in die Schlange zurück. Er musste sich hinten anstellen. Wir hatten eine undurchdringbare Gesamtheit gebildet.

Langsam, sehr langsam ging es vorwärts. Die gleißende Sonne ließ uns taumeln und an unseren Füßen rasselten Ketten. Bei jedem Schritt wirbelten sie den mörderischen Sand der Wüste auf.

Da. Ein Aufschrei!

Gequält blickten wir Richtung Pool. Von dort kam der Laut. Vom Ort der Erlösung. Ein weiterer Schrei. Und noch einer. Viele Schreie. Nein, eher Gebrüll. Wütendes, verzweifeltes Gebrüll einer wütenden, verzweifelnden Herde.

Nervös reckten wir unsere Hälse, um einen Blick ins Getümmel zu erhaschen. Mit einem Male stürzten alle nach vorne. Aus dem Augenwinkel registrierte ich, dass manche versuchten, den Kamelführer im Pool zu ersäufen. Recht so. Hat er verdient, der Sklaventreiber.

Schließlich löste sich die Schlange auf. Eben noch das letzte Glied der Menschenkette, standen wir in dieser Sekunde direkt vor dem Kiosk. Der letzte Schweißtropfen verdampfte zischend in der Luft, als wir das lieblos aufgestellte Informationsschild vor der heruntergelassenen Jalousie entzifferten:

Nur bei schönem Wetter geöffnet. Schönes Wetter ab 50 Grad.

Entgeistert starrten wir uns an und stürzten umgehend zum Pool. Dort halfen wir, den Kamelführer zu ertränken.

„Mama?“

Verblüfft löste ich meine verkrampften Finger aus dem schwarzen Schopf des Beduinen.

„Mama, aufwachen!“

Etwas Kühles tropfte zwischen meine Schulterblätter. Ich schmatzte.

Trinken? Essen?

Meine Lippen rieben auf Sandpapier. Langsam öffnete ich die Augen. Chlorgeruch. Gras. Kiefernbäume.

„Ich hab Hunger“, maulte Ella, meine liebreizende Tochter, „Darf ich mir ein Fleischkäsebrötchen holen?“

„Trinken, essen“, flüsterte ich lächelnd.

»Hä?«

Umständlich setzte ich mich auf, fischte drei Münzen aus der Badetasche und hielt sie meiner Tochter hin. »Ach, nichts. Bring mir ein Wasser mit, bitte.«

Einmal Lattenrost mit Bier, bitte.

Das größte Verletzungsrisiko liegt im Bereich simpler Haushaltstätigkeiten. Insbesondere, wenn Spinnen eine Rolle spielen.

Der Mann - nennen wir ihn der Einfachheit halber Mann - soll seiner Frau eine Spinne aus der oberen linken Zimmerecke entfernen. Aus genau jener Ecke über dem Bett, die in minimal schräger Führung exakt auf das Kopfkissen der werten Gattin zeigt. Sollte die Spinne auf die widersinnige Idee kommen, aus ihrem sicheren Netz zu einem Hechtsprung anzusetzen, um eine dünnsilbrige Brücke von der Wand zum Kopfkissen zu schlagen, dann käme das einer Katastrophe gleich. Und wie Frau weiß, kommen hinterlistige Spinnen mit Vorliebe nachts auf derlei Einfälle. Womöglich dann, wenn die Dame des Hauses in diesem Moment auf dem Rücken schläft. Mit geöffnetem Mund. Sie wissen schon.

Nebenbei sei bemerkt, dass wir im weiteren Verlauf der Geschichte die Frau einfach Frau nennen.

Blöde Spinne!

Frau: Mach das weg.

Mann: Ich?

Frau: Wer sonst?

Mann ist ein ganzer und steigt in heroischem Gleichmut aufs Bett.

Frau: Stopp!

Mann: Was ist denn jetzt schon wieder?

Sie presst die Lippen aufeinander und rennt aus dem Zimmer, stolpert die Treppe hinunter.

Kurz darauf steht sie atemlos und mit geröteten Wangen wieder in der Tür. Den Staubsauger für sich selbst sprechend in der Linken, den Stecker in der Rechten. Frau schließt das Spinneneinsaugnotfallgerät an den Strom an, und gibt den Startbefehl.

Spinne beobachtet die Hektik unter sich, kratzt sich am Kinn und denkt sich ihren Teil.

Mann hebt den Arm. Unerschüttert, angstfrei und bereit, dem Tier den Garaus zu machen. Er richtet sich zu seiner vollen Größe auf, lächelt, genießt die Macht und die Bewunderung seiner Angetrauten. Er hat sie alle in der Hand. Er, der Drachentöter vom Haselnussgässchen in Schnöpensried.

Frau erbebt, und drückt sich an die Wand, den Staubsauger schützend vor sich haltend. Den Finger am Abzug.

Mann streckt den Arm noch weiter aus. Jetzt hat er sie gleich. Jetzt, noch ein Stück, ein bisschen noch ...

Dann bricht der Lattenrost.

»Scheissdreckslattenrostblöderhältvielzuweniggewic htaus!«

Blut quillt aus der Socke. Mit schmerzverzerrtem Gesicht sinkt er jammernd zu Boden.

Spinne steppt einen Schritt nach rechts. Frau schreit auf. Mann beißt die Zähne zusammen, weil er ja ein ganzer ist, ignoriert den bohrenden Schmerz und versucht gewaltsam, die demolierte Latte zu entfernen. Doch diese sträubt sich ähnlich wie die Spinne. Mann wird ungeduldig. Zornesröte steigt ihm ins Gesicht. Er rückt dem widerspenstigen Rost energischer zu Leibe, rutscht mit der Hand ab und rammt sich das gebrochene Ende der Latte in den Handballen.

Frau presst erschreckt eine Hand vor den Mund. Mit der anderen hält sie den Staubsauger hoch.

Mann jault auf, bricht vor dem Bett zusammen und verlangt nach einem Krankenwagen. Spinne findet das doof und huscht Richtung Vorhang. Frau quietscht, springt mit gezücktem Staubsaugerschlauch zum Fenster und öffnet es.

Jetzt kauert Mann unter dem Fenster und beschließt knapp. »Frau, mach du das mit der Spinne, der Lattenrost hält mich nicht aus. Aber ruf vorher einen Arzt. Bitte.«

Frau überhört sein Flehen und hypnotisiert Spinne. Sie soll aus dem geöffneten Fenster verschwinden.

Spinne möchte das nicht, überlegt eine Weile und begibt sich hastig in ihre kuschelige Zimmerecke. Frau flucht, heult und stampft mit dem Fuß. Dabei wirft sie den Staubsauger Richtung Spinne, vergisst jedoch, ihn vorher einzuschalten.

Mann erschrickt, duckt sich zur Seite weg, schießt gleichzeitig abrupt nach oben und stößt sich die Ecke des geöffneten Fensters in die untere Rückenmuskulatur, bevor der Staubsauger an der Wand in unzählige Einzelteile zerbricht.

Der Spinne wird es zu hektisch und sie zieht sich hinter die Gardinenstange zurück. Frau klaubt die Reste des Staubsaugers zusammen und greift zum Telefon.

Wenig später näht der Notarzt die Schnittwunde am Fuß des Mannes, verbindet seine Hand und trägt eine Salbe auf den handtellergroßen Bluterguss am Rücken auf. Er gibt ihm vorsorglich ein Antibiotikum sowie eine Spritze zur Schmerzstillung. Und zwei Bier.

Die resolute Frau zieht aus dem gemeinsamen Schlafzimmer aus und ignoriert bewusst die Spinne. Die hängt triumphierend in der Ecke und lacht sie aus. Da ist sich Frau sicher.

Bis auf Weiteres wird der Mann aufgrund einer gewissen Instabilität des Lattenrostes auf dem Sofa nächtigen. Nach der Wundheilung, so Frau, wird er einen zweiten Versuch unternehmen müssen.

Mann nimmt sich noch ein Bier und nickt in vorauseilendem Gehorsam.

Gegen Spinnen ist er machtlos.

Gute-Laune-Plörre

Neulich sah ich mir einen Film an, und just als ich begann, einzelne Handlungsstränge sinnvoll miteinander zu verknüpfen, wurde Werbung eingeschoben. Grundsätzlich träge veranlagt blieb ich sitzen und starrte auf die Ansammlung unsinnigster Werbeeinblendungen aller Zeiten.

Vom Film blieb mir nicht mehr viel im Sinn, aber seither weiß ich: Ein Waschmittel ist nicht nur ein Waschmittel. Es ist Lebensfreude, Frische, Frühling und frischfarbig. Heutzutage zieht die perfekt gestylte Hausfrau leuchtend blaue und frischgebügelte Hemden aus Waschmaschinen.

Anschließend begrüßt sie glücklich strahlend ihre tobende Brut, die total verdreckt ins Haus stürmt, weil sie Hunger hat. Die T-Shirts weisen Flecken auf, als wären die Kids einmal durch Nachbars Gülle gekrault. Egal. Sie hat ja ihr Superwaschpulver. Also lächelt sie grundentspannt und reicht den Stöpseln zur Belohnung für die Sauerei eine Dose Dingels. Aber vorher dran horchen, denn man muss wissen: Die Dingels poppen. Wahrscheinlich erst nach Ladenschluss und dann auch nur in der Dose.

Die Kinder jubeln und hinterlassen beim Hinausrennen mit ihren Hockeyschlägern zusätzlich zu den schlammigen Fußabdrücken dekorative Quer- und Längsstreifen auf den cremefarbenen Glanzfliesen. Macht überhaupt nichts. Schließlich hat Supersauberfrau Meister Flopper. Einmal wisch und alles weg. Oder war das etwa das Tuch auf der Rolle? Egal.

Sie lächelt, zieht gertenschlank und faltenfrei, dank der Superantifaltencreme mit Hyaluronsäure und Keratinen, ebenso faltenfreie Wäsche aus der Waschmaschine. Dabei schüttelt sie ihre Jennifer-Lopez-Mähne, die sie nur unter täglicher Anwendung von My-Hair so natürlich und gesund schütteln kann. Denn My-Hair macht gesund aussehendes Haar.

Moment mal. Es macht das Haar nicht gesund, nur gesund aussehend?

Nun, es bleibt kompliziert. Welchen Film hab ich gleich nochmal gesehen?

Jetzt folgt der schönste Tag durch Schokolade mit Weißfüllung. Alles, was das Kind braucht mit der gesunden Portion Milch. Und ich Idiot putze Brokkoli und reibe die Kartoffeln für die Reibekuchen noch selbst. Was mach ich mich da rum? Dreimal täglich so ein Schokoriegel und der Nachwuchs hat alle Alpha-, Omega- und Deltafettsäuren, den er braucht.

Klar. Und morgen tanz ich Samba mit der herzhaften Salami von dem guten Frieder und brühe mir eine Gute-Laune-Plörre dazu auf.

Und wenn mir ein Steinchen in die Windschutzscheibe fliegt, geh ich garantiert nicht zu denen, die es reparieren und austauschen und mir schon seit Jahren mit ihrem strunzblöden Dummgeträller extremes Schläfenziehen verursachen.

Schlagartig überfällt mich unbändige Lust nach Süßem. Ich renne in die Küche, zerre einen Schokoriegel aus der Packung, reiße das Papier auf, beiße rein und habe alles, was die Mutter braucht, mit der gesunden Portion Milch.

Stark romantisiert

Neulich lag ich völlig entkräftet vor dem Fernseher und hatte nur eines im Sinn: Bloß keine überflüssigen Bewegungen machen.

Kennen Sie das? Sie kommen am Ende eines langen und nervigen Arbeitstages nach Hause. Draußen herrschen gefühlte sechzig Grad im Schatten und die Terrasse brütet in absoluter Windstille vor sich hin.

In solchen Extremfällen benötige ich in Ermangelung einer Klimaanlage vier Dinge: leichte Kleidung, ein kaltes Getränk, ein Sofa und ein Buch. Oder einen funktionierenden Fernseher.

Nicht denken, nicht schwitzen, nur gucken. Ich zappte und blieb bei einem Sender mit einem verschnörkelten *R* hängen.

Eine Landschaft rauschte in Begleitung sanfter Musik über den Bildschirm. Schottland? Irland? Ich witterte Unheil, starrte jedoch wie gebannt auf die Bilder. Es war ja doch irgendwie auch ganz angenehm, über Steilküsten zu fliegen. Unter mir rauschte das Meer und vermittelte ein Gefühl von Kühle.

Aber nur kurz. Dann begann der Film.

Eine Frau. Blond. Ein Mann. Schwarzhaarig. Ein Kuss auf dem weitläufigen Areal eines beträchtlichen Anwesens. Meine vernebelten Synapsen funkten sofort: aha! Das *R* steht für Romance, und da wird gerade gepilchert, dass kein Auge trocken bleibt.

Meine Hand zuckte zur Fernbedienung. Doch halt. Stop. Meine innere Autorin begehrte Gehör.

»Schau dir das an. Lerne. Millionen Frauen können nicht irren.«

Eilig holte ich Schokolade aus dem Kühlschrank und griff zur Küchenpapierrolle. Hatte mal gehört, dass Taschentücher bei dieser Art von Filmen unentbehrlich sind.

So lag ich entspannt und starrte auf die Mattscheibe. Ich konnte mich nicht losreißen, nicht aufs Klo und nicht mit irgendjemandem reden. Nicht einmal mit meinem Mann, der in diesem Moment ebenfalls nach Hause kam und entgeistert fragte, was um Himmels willen ich mir da ansehen würde.

Eine resolute Handbewegung von mir ließ ihn sofort verstummen. Ich kann energisch sein, wenn ich etwas tue, was ich eigentlich nicht tun will. Und in diesem Fall war das ein Nachmittag mit Romance-TV.

Es sei mir gestattet, meine Fassungslosigkeit in einem kurzen Abriss darzustellen:

Frau (Julia, blond) steht kurz vor Hochzeit mit Mann (Verlobter, schwarzhaarig, Name vergessen). Alle beide extrem vermögend. Sie arbeitet in Destillerie von Papa (wo auch sonst) und fährt ein Sportcabriolet (was auch sonst? Einen kleinen Daihatsu etwa?).

Papa ist alt und hat Geschmacks-, und Geruchssinn verloren (klar - wegen des Alkohols, in den er ständig die Nase hängt. Schicksalsschwere Klänge im Hintergrund).

Und Daddy braucht Hilfe, denn sonst ist Schluss mit Saus und Braus und Cabrio. Er beichtet Töchterlein sein Leid. Beschwichtigt aber gleichzeitig unter Tränen, sie solle sich keine Sorgen machen und sich um die Hochzeit kümmern (Ja, klar. Wie edel. Wie traurig. Tränendrüse eins unter Beschuss).

Julias Freundin Greta ist nicht nur älter, sondern auch vermögende Ärztin und hat heimlich Julias Ex auf die Insel geholt. Greta glaubt, dass Julia und der Ex zusammengehören.

Spätestens jetzt könnte man ausschalten, weil klar ist, worauf es hinausläuft. Aber nein, der waschechte Extremromantiker zieht sich das rein, durch gallige Klischeeanhäufungen hindurch, bis zum bitteren Ende.

Weiter geht´s.

Der Ex will zufällig sein Anwesen (was auch sonst?) verkaufen und in einem Gespräch mit der reichen Ärztin Greta weint er ganz unmännlich (Ach, wie sympathisch). Der Grund ist, dass er seit Jahren jede Nacht von Julia träumt.

Spätestens hier ist beim überzeugten Traumtänzer die erste Papierrolle Geschichte.

Aber warum hat der Ex sich von Julia getrennt? Weil er (festhalten, jetzt kommt´s) seine Mutter von der Klippe gestoßen hat.

Er ist nie erwischt worden. Böser Bub. Der Romantiker wird in ein Wechselbad der Gefühle getaucht und entrüstet sich an dieser Stelle außerordentlich, verabscheut diesen mörderischen Ex, der Julia sicher nichts Gutes will, der Saubär. Aber nur kurz, denn ...

... das war nur ein Mitleidsakt. Seine Mutter hatte damals todkrank vor sich hin gelitten und er sie erlöst (Erleichterung. Doch ein guter Junge.

Und jetzt fühlen wir alle mal mit und reißen ein Papiertuch ab - für die Niagarafälle unter den Augen).

Aber er könnte ja auch diese Krankheit haben, die sich dann auf Julias und seine Kinder überträgt, und das wollte er Julia nicht antun. Also hat er sie ohne Begründung vor Jahren verlassen. (Klar, genauso muss das auch sein und ist so realistisch, wie mein Traumgewicht morgen früh auf der Waage).

Welch ein Glück, Greta ist ja Ärztin. (Und welch ein Zufall ... Jaja, das Schicksal. Schnüff. Papiertuch, bitte)

Greta will einen simplen Bluttest bei ihm machen, was er natürlich ablehnt (klar, sonst wäre die Geschichte ja auch fertig, denn spätestens jetzt ahnt Frau, was kommt, will aber noch ein bisschen leiden). Das Beste: Der Ex hat mal früher bei Julias Papa in der Destillerie gearbeitet und ist nun der einzig verfügbare Retter in der Not. Denn Ex hat eine Wundernase und erriecht sich quasi die Welt (wo hab ich das schon gelesen?).

Selbstredend wehrt Ex sich gegen seine Retterfunktion und lässt erst mal alle hängen. (Schuft, schäbiger)

Gleichzeitig hat Julias Verlobter eine bezaubernde Hochzeitssängerin engagiert, in die er sich prompt verliebt. (Muss sein, sonst gäbe es einen Unglücklichen, wenn Julia und der Ex ... Wie schrecklich). Aber das weiß keiner, nicht mal der Verlobte selbst. Und die Sängerin sowieso nicht. Die ist übrigens das genaue Gegenteil von Julia. Braunhaarig, arm und Rehblick.

Genauso brauchen wir das! Ich hole Ramazotti. Mein Mann sagt, er braucht jetzt auch einen.

Also: Der Ex hilft Julias Daddy in der Destillerie. Papa ist glücklich. Julia ist sauer auf Ex, weil er ihr gesteht, dass er keine Kinder zeugen kann. Warum sagt er nicht (sonst wär der Film fertig).

Julia sagt, sie will nur ihn, ob er zeugungsfähig ist oder nicht, denn sie liebt ihn ja auch ohne Pim und Pam. Nebenbei bereitet sie jedoch fleißig das Hochzeitsfest vor, und will Ex nie wieder sehen.

Bitte? Wieso das jetzt? Hört sich unlogisch an, ist es auch. Ich versteh´s nicht. Schenk nach, Schatz.

Szenenwechsel: Papa hat den ultimativen Gin mit der Hilfe von Ex entwickelt, schreibt die Zutaten auf einen Zettel und ruft Julia an. Die geht nicht dran, weil sie gerade am Strand mit einem Stein einen anderen Stein zertrümmert auf dem ihr Name und der des Ex in Herzchen stehen.

Ja ne, ist klar. Ich zertrümmere mal eben einen Riesenstein. Ja, wehe, die Kraft der unglücklichen Liebe kommt über einen ...

Papi setzt sich also mit Genialrezept und Belohnungszigarre in den Ledersessel des firmeneigenen Kaminzimmers und schläft ein.

Jetzt kommt das, was natürlich niemand erahnen konnte: Die Zigarre fällt dem schlafenden Glückspilz mit ohne Geschmack im Mund aus der Hand und löst einen (bitte merken) Papierkorbbrand aus. Es raucht, es qualmt und zufällig kommt der Ex und rettet Papa. Man sieht zwei Flämmchen und viel Qualm aus dem Papierkorb steigen. Schade. Papa ist tot. Das ist traurig (Ich beiße in die Schokolade und spüle mit Ramazotti nach).

Julia macht Ex Vorwürfe, dass er immer alles kaputtmacht. (Wie jetzt? Das war der Rauch, nicht der Ex, du Einzeller)

Zufällig kommt auch Ärztin und Busenfreundin Greta mit ihrem schweineteuren Geländewagen vorbei und rein zufällig fährt der Verlobte in seinem Oldtimer vor. Dem fällt Julia sogleich in den Arm (wem auch sonst ...)

Szenenwechsel: Julia ist verzweifelt, weil die Versicherung nicht zahlt, weil Papa geraucht hat und somit der Brand einem Selbstverschulden zugeordnet wird. Jetzt muss Julia die Destillerie schließen und alle Mitarbeiter entlassen. Ruin. Armut. Julia brüllt Ex an und will ihn nie wieder sehen. Denn der Depp ist ja schließlich schuld. Und das alles wegen eines Papierkorbbrandes.

Schatz, mach den Bushmill auf, das erträgt man nur besoffen.

Nun, der Ex ist ein ganz uneigennütziger und liebenswerter Charakter. Schleicht er doch mitten in der Nacht in Julias Anwesen (da ist immer alles offen. Schließen die nie ab?), schreibt das Rezept für den ultimativen Gin auf einen Zettel und legt es Julia auf den Tisch neben ihrem Bett. Dabei verdrückt er eine Träne.

Wir heulen mit und rufen: »Ja, Julia. Heirate ihn, nicht den doofen Schlurps, der ein Hirschauge auf die Rehkuh geworfen hat.

Julia entdeckt das Rezept am nächsten Morgen und kann jetzt doch an dem Wettbewerb für die Entwicklung des besten Gins aller Schmonzettenzeiten teilnehmen. (Dieser Contest findet natürlich just an diesem Tag statt, denn sonst müsste aus Gründen der Zeitüberbrückung eine weitere Figur oder ein anderes Drama Platz finden. Allerdings könnte sie ja noch einen Stein zertrümmern).

Und wer gewinnt diesen Wettbewerb? Richtig ...

Kurz drauf wird der Verlobte von seinen Gefühlen übermannt und vögelt das singende Rehlein, dem er kurz drauf einen Heiratsantrag macht.

Ärztin Greta darf dem Ex schließlich doch Blut abnehmen. (Der jammert noch mit der Spritze im Arm, dass er das gar nicht will. Herrje, halt die Fresse, Softie). Das negative Ergebnis liegt wenige Stunden später vor. Große Erleichterung.

Wie sollte es auch anders sein? Wusste gar nicht, dass Gentests in der Kürze weniger Stunden ... Na, egal. Es muss so sein, weil ansonsten noch andere Figuren ..., usw.)

Julia liebt auf einmal Ex schon immer und will ihn nie wieder gehen lassen.

Logisch und absolut nachvollziehbar. Der Typ hat noch Geschmack auf der Zunge, kann alles erriechen und ist gesund. Die Destillerie lebt! Zum Glück, denn der Nochverlobte vögelt schließlich mit der scheuen Hochzeitssängerin rum. Zudem kann er keinen Gin kreieren, der protzige Schnösel.

Und der Schluss? Doppelhochzeit.

Ich bin nicht stark romantisiert, eher alkoholisiert. Der Ramazotti ist leer. Ich nicht.

Prost.

Männliche Problemzonen

Neulich unterhielt ich mich mit meinem Cousin Jan-Hendrik.

Jan hat ein Problem.

Seit Jahr und Tag leidet er unter der inzwischen als Komplex manifestierten Wahnvorstellung, sein Bauch sei eindeutig und für jeden Betrachter auf den ersten Blick zu augenfällig.

Freunde und Bekannte, die ihn vom Gegenteil überzeugen wollen und ihm vorrechnen, dass er laut Idealgewichtstabelle oder auch dem Body-Maß-Index schon fast in die Kategorie magersüchtig einzustufen sei, werden von ihm sofort als charmante Schmeichler oder ahnungslose Trottel abgestempelt.

»Was wissen diese Leute schon von meinen Problemen mit den Problemzonen?«, beklagt er sein Leid.

Immerhin kann er froh sein, sagt er, dass keiner das gesamte Ausmaß seiner Körperfülle erkennt. Schließlich arbeite er hart und mit allen Mitteln daran, seine vermeintlich unansehnliche Wampe vor fremden Augen zu verbergen. Zum Glück stünde die derzeitige Mode ganz im Zeichen des Schlabberlooks, unter dem sich geschickt das ein oder andere überflüssige Pfund kaschieren ließe. Problematisch würde das Ganze erst, wenn er sich seiner XL-T-Shirts in Gesellschaft anderer entledigen müsse. Am Badesee beispielsweise. Aus diesem Grund gilt für ihn die Faustregel: Öffentliche Schwimmbäder, sowie Duschen und Saunen sind, soweit es irgend geht, weiträumig zu umgehen.

Sollte doch einmal eine dieser Lokalitäten nackter Tatsachen aufgesucht werden müssen, zum Beispiel nach spektakulären Ergüssen zwanghafter Kalorienverbrennungspsychosen, dem Sport, oder an einem Sommertag mit Rekordhitze, bleibt nur noch eine Möglichkeit: Luft anhalten bis zum Umfallen.

In dieser Disziplin steigerte er sich in den letzten Jahren zu wahren Meisterleistungen. An guten Tagen vermag er es, die Luft bis zu zehn Minuten anzuhalten und dabei gekonnt den Bauch einzuziehen. Dies allein wäre noch nichts Besonderes, das schafft auch ein durchschnittlich trainierter Perlentaucher in der Südsee. Das eigentlich Bemerkenswerte ist die Tatsache, währenddessen normal und natürlich weiterzureden. Sogar ein zugegebenermaßen etwas gezwungenes Lächeln könne er sich dabei abbringen. Die perfekte Tarnung. Zumindest, solange man nicht blau anläuft. Aber auch das habe er durch ständiges Training in den Griff bekommen.

Lästiger, aber unvermeidbar, ist die Prozedur des Luftholens, die sich spätestens alle zehn Minuten, also kurz vor dem Kollabieren, wiederholt. Hierzu muss er sich an ein stilles Örtchen begeben wie Umkleidekabinen, mannshohe Büsche oder Toiletten, um seine nach Gnade winselnden Lungenflügel und sauerstofflosen Gehirnlappen mit Frischluft zu versorgen.

Als nächster Arbeitsgang steht die Vorbereitung auf die darauffolgende Etappe der Sauerstoffschuld an. Hierzu pumpt er, wie ein Maikäfer vor dem Start immer wieder seinen Bauch auf und hyperventiliert dabei kräftig, um die Sauerstoffversorgung der nächsten Minuten auch bei Atemstillstand zu gewährleisten.

Jan ist der Meinung: Nur auf diese Art lässt sich der klassische Waschbrettbauch, wie er uns in den Medien zelebriert wird, perfekt simulieren.

Als Vorwand für das ständige Aufsuchen abgeschiedener Orte muss seine angebliche Blasenschwäche erhalten, die er sich offiziell durch eine verschleppte Erkältung eingefangen hat.

Diese Ausrede hat neben der Rechtfertigung für sein sonderbares Verhalten den positiven Nebeneffekt, dass er das Bedauern der Mitmenschen erhascht.

Ich will wissen, ob ihm bewusst ist, dass man ihn insgeheim hinter seinem Rücken belächelt?

»Klar. Das nehme ich in Kauf«, zuckt Jan scheinbar ungerührt mit den Schultern.

Und es soll mir keiner erzählen, dass nur wir Frauen Problemzonen hätten.

Kinder, Kinder

Scheiß Vollmond

Wenn ein fast zweijähriges Kind beschließt, die erste Nacht ohne Windel zu verbringen, dann hat das durchaus seine Berechtigung. Auch wenn es sich einen Wochentag aussucht. Also einen Tag, an dem arbeitende Mütter am nächsten Morgen zeitig aufstehen müssen.

Irgendwann mitten in der Nacht steht also klein Ella vor unserem Bett und bemerkt weinerlich, ihr Schlafanzug wäre nass und ich solle ihr jetzt helfen. Sofort. Ohne Umschweife. Pronto.

Gut, denke ich, aber spätestens mit achtzehn muss sie das dann alleine machen. Vorsichtig öffne ich meine verklebten Augen, schwinge mich mit der Leichtigkeit eines vollgesaugten Schwammes aus den Federn und tröste mein verzweifeltes Kind mit mütterlichem Singsang, während ich Schlafanzug und Bettlaken im Rekordtempo wechsle. Zu guter Letzt lege ich das kleine Wesen in sein frisches Bettchen, drücke ihm einen müden Kuss auf die Wange, summe ein Liedchen, bis es einschläft. Leise schleiche ich zu meinen Daunen hinüber.

Hüpf ins Bett, Kopfkissen zurechtdrücken, Augen schließen. Schön.

Tja, wenn das immer so einfach wäre. Unser aufgeweckter Sprössling steht wie aus dem Nichts vor dem elterlichen Bett und beschließt kurzerhand: »Euch schlafen!«

Mit entschlossen vorgestrecktem Kinn begehrt der Dreikäsehoch Einlass. Aber nicht ohne ein Kuscheltier.

Wieso, bin ich nicht Kuscheltier genug? Nein, der große Tiger muss es sein. Der weiße mit den schwarzen Streifen, denn sonst kann sie unmöglich einschlafen.

Aus meinem Munde quält sich ein verschlafenes und doch bestimmtes Nein. Nein, Mama klettert jetzt nicht auf den Stuhl, um an das Regal dranzukommen, auf dem der weiße Tiger liegt. Nein, tut sie nicht.

Ich halte ihr diverse Stofftiere hin, die stets in greifbarer Nähe zwischen meinem Mann und mir liegen. Sex wird sowieso überbewertet.

Klein Ella schüttelt ihre blonde Mähne, dass die Haare nur so fliegen, und schiebt die Unterlippe vor. Beim lila Bären jault sie los. Mein Mann sitzt mit einem Schlag senkrecht im Bett.

Nachdem ich ihm versicherte, dass der Rauchmelder blond ist und vor unserem Bett steht, stiehlt sich ein sanftes Lächeln auf die Züge meines stets besonnenen Ehemannes. Er bietet ihr ein Stofftier an und zwinkert. Ella lächelt engelsgleich zurück und greift nach dem dargebotenen bunten Kuschelvogel.

Puh. Wie macht er das nur? Egal, nur noch schlafen.

Scheiß Vollmond.

Kurz darauf schläft Papa, Mama schließt ebenfalls selig die Augen und Kind schmeißt sich von links nach rechts. Sie drückt ihre Knie in meinen Rücken.

Ihre Finger krabbeln an meinem Arm hoch unter runter. Dabei summt sie ein Liedchen.

Kind, höre ich mich müde sagen, hör auf zu zappeln, sonst wird's nix mehr mit Schlafen.

Rabenmutter! Armes Kind! Müde. Blick auf die Uhr. In einer halben Stunde würde mein Wecker sein Bestes geben. Zeit genug noch einmal einzuschlafen. In der Folge schließe ich erneut die Augen und versuche mein Glück.

Doch offenbar hat auch Ella Probleme mit dem Einschlafen. Zwar liegt sie jetzt still, doch sie benutzt mich als Einschlafhilfe und knubbelt mein Ohrläppchen.

»Maus, ich hab dich lieb, aber hör auf zu knubbeln. Dann kann Mama auch schlafen und von Kuschelvögelchen träumen.«

Endlich Ruhe. Nichts bewegt sich. Ich seufze entspannt auf.

»Mama?«

»Hm?«

»Ich hab dich lieb.«

»Ich dich auch, Süße.«

Gefühlte drei Sekunden später dröhnt der Wecker und ich beantworte diese Störung mit einem gezielten Schlag auf den Stopp-Knopf. Ich drehe mich noch einmal um. Nur noch fünf Minuten. Mein Ohrläppchen fühlt sich heiß an.

Eine halbe Stunde zu spät stehe ich auf. Eigentlich hätte ich jetzt sofort ins Büro fliegen müssen, um noch pünktlich zu kommen. Egal. Zeit für einen Kaffee muss sein. Morgens um sechs ist sowieso nur der Wachdienst da und kein Schwein interessiert sich dafür, ob ich um sechs oder um halb sieben in die heiligen Hallen schwebe.

Fünfunddreißig Minuten später sitze ich vor dem Computer, starre auf den Bildschirm und stelle fest, dass Starren etwas Einschläferndes hat.

Kurz: Ich bin müde, verdammt müde. Unsagbar müde und einzig die große Kaffeetasse vor der Tastatur verhindert, dass sich mein Kopf hinabsenken kann.

Gegen acht Uhr schleicht meine kinderlose Kollegin ins Büro. »Scheiß Vollmond. Ich bin hundemüde«.

Ehrenwort: Bei allen meinen zukünftigen Kindern wird die nächtliche Windelenthaltsamkeit weder bei Vollmond noch unter der Woche realisiert werden!

Zur Sicherheit lege ich am Abend den Tiger in unsere Bettmitte. Gleich neben den Kuschelvogel.

Man kann ja nie wissen.

Frau Kohlhaas lädt ein

Im Allgemeinen wecken Kindergeburtstage bei mir angenehme mütterliche Nostalgie. Ach, wie groß sind sie geworden. Einmal pusten, wünsch Dir was. Alles Gute, kleiner Knopf. Vier Jahre. Und die Mama ist ja so stolz.

Jedes Mal ertappe ich mich dabei, wie ich mir eine einsame Träne aus dem Augenwinkel tupfe. Kindergeburtstage sind etwas Ergreifendes. Solange es den eigenen Spross betrifft.

Schmollend stehe ich in der Küche, einen Cappuccino in der rechten, die Einladungskarte für meine Tochter in der linken Hand und meckere leise in mich hinein.

Da ist es wieder, das Los aller Kindergartenmütter. Sie müssen auf Kindergeburtstage gehen. Nicht immer, nur manchmal. Nur dann, wenn die Eltern des Geburtstagskindes nicht mit vier bis fünf Drei- bis Fünfjährigen klarzukommen glauben. Aus diesem Grund laden sie die Mütter mit ein. Das ist gemein. Vor allem dann, wenn man sich schon freute, ein paar gestohlene Stunden für sich zu haben.

Der Konjunktiv überrollt mich mit ungebremster Wucht. Was hätte ich alles tun können? Zwei gestohlene Stündchen mit Vollbad und einem guten Buch? Shoppen gehen? In Ruhe eine Kolumne schreiben? Wäsche bügeln? Ach nein, das nun doch nicht.

»Spielst du dann mit uns der Fuchs geht um?«

Was? Ja, klar. Und das sogar mit Begeisterung.

Wenn ich mich dann nicht mit Frau Kohlhaas unterhalten muss?

Wer war Frau Kohlhaas gleich noch mal?

Dunkelhaarig, schwarzgeränderte Brille, klein, schmächtig, unsichtbar? Etwa die Frau Kohlhaas, die ihre Schultern permanent hochzieht und ständig aussieht, als würde sie sich jeden Moment bei jedem für irgendetwas entschuldigen wollen?

Sie ist mir unheimlich. Sie ist der stets leidende Typ der vom Leben überfordert und mit leicht wirrem Blick bei jedem Schritt nach Verständnis und Zustimmung hechelt.

Ich erinnere mich. Neulich zischte eine Mutter an der Kindergartengarderobe »Mach schnell, die Kohlhaas kommt.«

Kurz darauf war sie aus dem Gebäude herausgestürzt und hatte besagter Dame im Vorbeirennen flüchtig zugenickt.

Feuer und Eis. Himmel und Hölle. Die Kohlhaas.

Ich nehme mir fest vor mit den Kindern blinde Kuh, Dosenwerfen, Luftballons zertreten und irgendwas fällt mir dann schon noch ein, zu spielen.

Meine Tochter freut sich riesig, springt umher, singt, probiert alle ihre Kleider an, natürlich nur die mit Blumen und Glitzer drauf, denn sie will ja besonders schick sein und packt eine Tasche mit diversem Inhalt. Geschenke für Julia. Halsloses Kind eines schulterhochziehenden Muttertiers.

Mit einiger Überredungskunst schaffe ich es endlich, das Gehör meines kleinen Sonnenscheins zu finden und sie von dem uneigennützigen Vorhaben abzubringen, meine Schuhe zu verschenken.

Mamas rote High Heels passen der Julia nicht. Nein, tun sie nicht. Ganz ehrlich.

Nebenbei bemerkt ist es für bestrebte Eltern ein schwieriges Unterfangen, die Stimme auf die Empfängerfrequenz ihrer Kinder einzustellen. Insbesondere Mütterstimmen haben beim eigenen Spross oftmals die gleiche Wirkung wie Hundepfeifen beim gemeinen Röhrenpilz. Keine. Gelegentlich dringen jedoch einige Wortfetzen an das begehrte Kinderohr. Bevorzugt wären hier Eis, Keks, Kino und Fernsehen zu nennen.

Nun denn, Herz und gute Laune gepackt und dem Leidensszenario ein Schnippchen geschlagen. Kommt her ihr Kinder und lasst uns spielen und toben, bis die Wände wackeln. Wir werden unseren Spaß schon haben.

Mit wehleidigem Blick verabschiede ich mich von meiner Badewanne und somit von den drei großen B´s, die ich mir manchmal gönne. Badewanne, Buch, Bett. Und wer weiß, vielleicht ist Frau Kohlhaas ja auch ganz nett …

Ist sie nicht!

Kaffee ist alle

Mütter haben immer gute Laune zu haben. Immer. Ohne Ausnahme. Nur morgens nicht.

In dieser stillen Zeit, ohne das leiseste Warum, ohne Trotzanfälle und nutellaverschmiertem Kindermund, darf ich ganz alleine für mich schlechte Laune haben. Insbesondere morgens um fünf. Und erst recht, wenn der Kaffee leer ist.

Der Inhalt der Kaffeedose spiegelt die gähnende Leere wider, die sich um diese unchristliche Uhrzeit in meinem Hirn aufhält. Aller Voraussicht nach wird sich das ohne Koffein auch nicht ändern.

Fünf Uhr. Da steht doch niemand auf. Doch. Ich. Und ich versuche dabei äußerst behutsam, keine instationären Geräusche zu verursachen. Dies könnte winzige vierjährige Quälgeister aus ihren Dauenhöhlen locken.

Gemeint ist mein Sonnenschein, stets bereit, beim leisesten Geraschel aufzuwachen und nach ihrer Mutter, also mir, zu verlangen.

Ich übe mich in Askese. Keinen Kaffee. Keinen Laut. Und geduscht wird im Sitzen, denn prasselndes Wasser von heißen Duschen weckt morgens um fünf nicht nur Lebensgeister, gelegentlich auch Kinder.

Nebenbei stelle ich fest: Heißes Wasser erzeugt Dampf. Dampf lässt zellulitisentstellte Oberschenkel in sanftem Dunst verschwinden. Dampf steht mir gut.

Ich freue mich aufs Büro. Nein, eher auf die Abteilungsküche. Noch genauer, auf die volle Kaffeedose im Küchenschrank der Abteilungsküche.

Bis dahin gilt: Leise sein. Mittlerweile beherrsche ich das geräuschlose Bewegen durch unser dunkles Haus wie der Löwe das Heranpirschen an die nächste Mahlzeit.

Ebenso sind geübte Mütter bewandert in der Kunst des Blindankleidens, denn ein Betätigen des Lichtschalters dicht neben der Höhle des schlummernden Liebeleins könnte spontane Aufwachmanöver ins Leben rufen.

Also greife ich blind in den Kleiderschrank. Rot liegt links, Blau daneben, Grün oben, Beige, Sanftbraun, gelbliche Farben rechts und Untragbares liegt unten. Und Schwarz? Egal.

Die Schuhe in der Hand betrete ich die erste Stufe der Treppe.

»Mama?« Jetzt nur keine überflüssigen Bewegungen. »Mama!«

Seufzend ziehe ich den Fuß zurück. Das Licht geht an.

»Wo gehst du hin?« Verschlafen, äußerst niedlich und mit vorwurfsvollem Blick steht ein blonder Engel im Türrahmen. Mein schlechtes Gewissen sitzt mir wie ein eiternder Pickel auf der Seele.

»Schlaf noch, Liebes. Mama geht arbeiten.« Ich hauche dem Wesen einen Kuss auf seine nachtwarme Wange. Mein Kind duftet wunderbar. Viel besser als Kaffee.

»Oh nein, immer musst du arbeiten«, schmollt die kleine Frühaufsteherin.

Besänftigend stelle ich ihr in Aussicht, nach dem Mittagessen diverse interessante Dinge mit ihr zu unternehmen, wie Pfützentreten, Riesenbilder malen oder bunte Kuchen backen.

Völlig unbeeindruckt übergeht sie mein verlockendes Angebot. »Ist heute Kindergarten?«

»Ja«, sage ich, »aber erst viel später. Kuschel dich wieder ins Bett, Süße. Es ist noch sehr früh, die Vögelchen schlafen noch und der Papa schläft noch und ...«

... die Mama schläft eigentlich auch noch.

»Ich will nicht in den Kindergarten. Immer Kindergarten. Kindergarten ist blöd!«, dröhnt es aus dem lieblichen Spross heraus.

Einen Augenblick sinniere ich darüber nach, ob ich in das Wehklagen einstimmen soll.

Ich will nicht ins Büro. Immer Büro. Büro ist blöd.

Mein kurzes Innehalten interpretiert das Kind offenkundig als Bestätigung ihrer Klage und beschließt, ebenso mutwillig wie lautstark, ab jetzt wach zu sein. Morgen stünde sie auch so früh auf und über den Rest der Woche reden wir noch.

Mütter kennen ihre Kinder. Mütter sind in der Lage, die Gedanken ihres Nachwuchses auf Papier zu bannen, bevor diese gedacht sind. Aus diesem Grund kommt mir die nächste Frage nicht unerwartet daher.

»Kann ich eine Banane haben?«

Vor meinen Augen steigt meine gefüllte Kaffeetasse in ein Flugzeug und fliegt nach Panama. Einmal Sonneputzen und zurück.

»So willst du nicht ins Büro, oder?« Mein Mann hat unser Gerede im Flur dem Anschein nach nicht in seine Träume einbauen können, das Licht angeknipst und sieht mich mit erhobenen Brauen an.

Etwas irritiert schaue ich an mir herunter und muss zugeben: Aubergine auf Zitronengelb wirkt ein klein wenig eigentümlich.

»Ich will eine Banane!«

Die unmissverständliche Aufforderung unserer Tochter reißt mich aus meiner Überlegung, wie ich es anstellen könne, das bezaubernde Kind von der Notwendigkeit des Schlafes und eines Kindergartens zu überzeugen und gleichzeitig meine Kleidung zu wechseln.

Es gelingt mir nicht. Nicht ohne Kaffee und nicht mit Zitronengelb.

Mein stets weiser und diplomatischer Mann schreitet helfend ein.

»Hole bitte eine Banane«, nickt er in meine Richtung und wesentlich weicher wendet er sich unserem Püppchen zu. »Und du kleiner wacher Stöpsel kommst zu mir«.

Stöpsel jauchzt, grinst und klettert zu ihrem Vater ins Bett.

Drei Minuten später stehe ich mit Banane bewaffnet in der Schlafzimmertür und bewundere vorbehaltlos meinen Angetrauten, der hellwach und kichernd mit Ella ein Buch ansieht.

Hach, selige Harmonie. Vater und Tochter. Wie schön.

Herzlich drücke ich mein Kind an meine rabenmütterliche Brust und ihr die Banane in die Hand, verteile Küsschen und eile die Treppe runter.

Kaffee, ich komme.

Ich rase ins Büro, renne drei Stockwerke hoch, reiße die Tür auf, greife mir die Kaffeedose und schüttele sie. Ein tiefer Frieden überfällt mich. Danke.

Minuten später zieht der typische Duft gerösteter Kaffeebohnen durch mein kleines Büro. Entspannt führe ich die Tasse an die Lippen und schließe für einen kurzen Moment die Augen.

»Mussten Sie sich heute Morgen im Dunkeln ankleiden?«

Mein Chef steht in der Tür und seine Blicke drücken Unglauben aus.

Ich zucke die Schultern. Zitronenblau und Apfelgrün. Oder war es Aubergine? Egal.

Hauptsache, ich habe meinen Kaffee.

Die liebe Verwandtschaft

Der meint das nicht so

Kennen Sie Heinz Beckers »Ich saans jo nur …?«, die stets gleichbleibende Erwiderung seines Sohnes Stefan »Jo, Vadder!«, und Hildes resigniertes »Ach, Heinz, des kansch doch so net …«

Möglicherweise ist Ihnen auch Knallinger´s »Ja, guten Tach, ich häb do mol ä Froog ...« nicht ganz unbekannt?

Dann kennen Sie möglicherweise auch Heiner. Wenn nicht, dann stellen Sie sich eine schräge Mischung der beiden vor und Sie haben ihn.

Knalliger war gestern, ebenso Gerd Dudenhöfer alias Heinz Becker. Denn jetzt kommt Heiner. Mein Vater, Großvater unserer Tochter und lebensnotwendiges Körperteil meiner Mutter.

Heiner ist der verbal zerstörende Faktor jeder Familienzusammenkunft und der Alptraum eines jeden Telefongespräches. Heiner ist nicht nur Brillen-, sondern auch Bedenkenträger und sieht überall die Saat des Bösen. Heiner ist der evolutionstechnisch gescheiterte Versuch, aus Knallinger und Dudenhöfer einen Mordsbrüller entstehen zu lassen.

Angefangen hat das Ganze vor ungefähr fünfzehn Jahren. Mein Freund - heutiger Ehemann - und ich bezogen stolz unsere erste Wohnung, die sich zugegebenermaßen in einem katastrophalen Zustand befand.

Meine Eltern erklärten sich bereit, uns bei den umfangreichen Renovierungsarbeiten zu helfen.

Damals freute ich mich noch über die segensreiche Hilfe. Mit dem heutigen Wissen allerdings würde ich eher meinen Jahresurlaub opfern, um die Bude auf Vordermann zu bringen, als meine Eltern zu bemühen.

Oder zwei Valium einwerfen.

Was waren wir stolz auf unsere erste Bleibe. Klein, marode, mit undichten Holzfenstern, modrigem Keller und poröser Badewanne. Aber unser. Wie schön.

Heiner schlich bei der Erstbesichtigung mit Mundschutz und Werkzeugkoffer im Anschlag durch jedes Zimmer, klopfte die Wände ab, rubbelte an den Aufputz-Rohren, wischte, trat, saugte und blies.

Meine Mutter Gerda folgte ihm wortlos mit bedeutungsschwerer Miene, gezücktem Stift und Notizblock.

Weise und erfahren grummelte Heiner wiederholt unter dem Rand seiner schwarzgeränderten Brille »Hm, Hm, ….Oh je …, Ach Gott näh.«, wobei er seine Augenbrauen abwechselnd hoch- und zusammenzog.

Ich warf einen irritierten Blick zu meiner Mutter. Was soll das?

Sie antwortete mit kundiger Mimik. Das macht der immer so. Müsstest du eigentlich wissen.

Wie sollte ich? Bekanntermaßen zog ich zum ersten Mal von zu Hause aus.

Dann kam der Moment, in dem ich die Worte vernahm, die mir bereits in den vergangenen Jahren wiederholt begegneten und nichts Gutes erahnen ließen.

»Horsche mol zu….!«, bedeutungsschwere Pause, »Wenn ich eisch mol´n guude Tipp gewwe derf.«

Heiner stand vor uns und hob mahnend seinen Zeigefinger. »Isch hädd des Net gemacht, mit dere Wohnung do. Also, des iss en Haufe Ärwet. Ihr wissd gar net, wasser eisch domit ohdut!«

Kopfschüttelnd wandte er sich ab, zog seinen Mundschutz herunter und murmelte scheinbar fassungslos so etwas wie »Was des koscht! Nä, nä..«

Unverzüglich wollte ich ein Stockwerk tiefer zum Vermieter stürzen, um den Mietvertrag rückgängig zu machen. Wie konnten wir nur so blind sein. Hätten wir doch vorher …, wenn wir doch eher meinen Vater gefragt hätten. Was sollten wir jetzt tun? Verschulden würden wir uns. Restlos.

Bis an unser Lebensende würde die poröse Badewanne des Nachts unsere Träume heimsuchen und vorwurfsvoll die Ein-Hebel-Mischgarnitur schwenken. Täglich würden wir uns bei Wasser und Brot gegenseitig anklagen. »Ach, hätten wir doch Heiner gefragt!«

Gerade wollte ich zum Sprung ansetzen, da riss mich die leicht genervte Stimme meines Mannes jäh zurück.

»Mensch, Heiner!« Gleich darauf vernahm ich eine eher zurückhaltende Wortmeldung von Gerda. »Ach Heiner, komm. So schlimm ist das doch nicht.«

Bitte? So schlimm war es gar nicht? Mein gequälter Blick prallte an der maskulinen Präsenz meines Vaters ab, der unerwartet ausdruckslos den Mundschutz wieder hochzog, den Werkzeugkoffer absetzte, ihn öffnete und dabei nuschelte. »Isch mähn jo nur ...«

Gerda begann, Fenster zu putzen. Es kam mir zu dem Zeitpunkt nicht in den Sinn, sie zu fragen, warum sie das tat, wenn doch erst die Tapeten herunter mussten. Ich war jung und unwissend. Wahrscheinlich müssen Mütter das tun, sagte ich mir. Erst einmal Fenster putzen, dann sehen wir weiter.

Heiner war unterdessen dabei, irgendwo ein Loch hineinzubohren. Wahrscheinlich wollte er testen, ob das Fundament diesen Angriff aushalten oder sogleich alles zum Einsturz bringen würde.

Mein Mann puhlte Tapeten ab, ich beschloss, die Situation nun auch für mich zu entschärfen und tat es ihm gleich. Bis, ja bis mein Vater auf mich zutrat und mir Schippe und Besen in die Hände drückte.

Wild fuchtelte er mit dem Zeigefinger in Richtung durchlöcherter Wand. »Do, mache mol Frauearbeit. Mach des mol weg do …« Gesagt, abgewandt und an anderer Stelle männlich qualifiziert weitergebohrt.

Da stand ich nun mit Schippe und Besen – ich Frau – und fing an zu hyperventilieren. Mein Freund ließ alle Tapetenreste aus seinen Händen fallen und hechtete auf mich zu. Er kannte mich schon verdammt gut. Gerda erstarrte mitten in ihrer schwungvollen Fensterpolieraktion und schaute blutleer zu mir herüber.

Doch es war zu spät. Der Schaum stand mir bereits in den Mundwinkeln, meine Hände zuckten unkontrolliert und die Schippe hielt sich panisch an meinem kleinen Finger fest.

»Sind wir hier in den 50er Jahren?«, bläffte ich barsch »Mach doch deinen Dreck selber weg!«

»Ganz ruhig.«Mein künftiger Mann nahm mich in den Arm, pulte mir vorsichtig den Besen aus den verkrampften Fingern und tätschelte mir den Rücken.

Gerda stellte sich schützend vor ihren Gatten, Vater ihrer einzigen Tochter, und versuchte, die Situation zu retten. Verlegenen Blickes und sichtlich peinlich berührt, sagte sie diesen Satz, den ich zur Genüge kannte.

»Der Heiner meint das doch nicht so.«

Manchmal, wenn mir langweilig ist, hole ich den Bohrhammer aus den dämmrigen Tiefen unseres moderigen Kellers hervor und bohre wahllos Löcher in Wände.

Macht irgendwie Spaß.

Telefonat des Grauens

Null Ahnung von Nichts, aber immer eine feste Meinung dazu. Dieser Satz beschreibt meinen Vater Heiner beunruhigend genau. Am Telefon käme er durchaus als Heinz Beckers Double in Frage. Das mag witzig sein, herzerfrischend, eine willkommene humoristische Einlage im tauben Alltagstrott. Außer, man ist mit ihm verwandt und gibt den zweijährigen Spross in die Obhut der Großeltern.

So geschehen vor einiger Zeit am Rande des lauschigen Odenwalds. Mein zauberhaftes und stets folgsames Töchterlein Ella verbrachte im einen Vormittag bei seinen Großeltern.

Ich nutzte die Zeit, um den nach Erledigung schreienden Dingen ein wenig mehr Beachtung zu schenken: In Ruhe frühstücken, den Garten umgraben, das Bad neu fliesen und einen Baum pflanzen.

Ich befand mich ausgesprochen entspannt bei Punkt 1 auf meiner Liste der unerledigten Dinge und dachte über Punkt 2 nach, als das Telefon klingelte.

»Äh, hallo, bischd du´s?«

»Ja, wer soll hier sonst sein?«

»Ah, ich bins, de Heiner!«

Als hätte ich das nicht erkannt. Seine unverwechselbare Stimmfarbe, die Artikulation, das ..., ach, Sie wissen schon.

»Hallo Papa, was gibt's?«

»Horche mol! Sidschd du gud?«

»Was, wieso? Warum sollte ich sitzen? Ist was passiert?«

Wie auf Kommando waberten Schreckensszenarien an meinem inneren Auge vorbei.

Oma vom Lastwagen überrollt. Ella an ihrer Hand. Du liebe Güte. Unfall. Krankenhaus. Lebensgefahr! Eine eiskalte Faust drückte mich brutal auf den nächsten Stuhl.

»Wo ist Mama? Wo ist Ella?«

»Ach, eijoh, die warn uffm Schpielblatz ...«

»Ja. JA. Und dann?«

»Und donn sind se noch ä Eis esse gonge. Beim Eis-Horscht. Kennschd de Eis-Horscht? Des is des beschte Eis, wo de krigge konscht!«

»Heiner. Wo sind sie jetzt?«

»Donn warn se im Supermarkt, aber ...«

»Im Supermarkt. Okay. Und dann?«

»Jo, aber jetzt, horche mol, ich muss der was sage.«

Mittlerweile lief mir der Angstschweiß in Bächen über die Augenbrauen direkt in die spontan angeschwollenen Tränensäcke. Ich konnte nur noch stammeln und meine zittrige Hand hielt nur mit Mühe das Telefon. Der Kloß in meinem Hals manifestierte sich in drei Buchstaben. »WAS?«

»Ich hab eich doch den Bohrhammer ausgeliehe ... Weischt, das ist eine Bohrmaschine mit Hammerfunktion.«

»Äh ..., ja?« Das Zittern ließ nach, meine Hand wurde ruhig, sehr ruhig. Bereit zu töten.

»Den breischt ich jetzt wieder ...«

»Den Bohrhammer ...«

»Jo.«

»Aha ...« Ich zerdrückte ein rohes Ei in meiner Faust und fühlte mich gut dabei.

»Ich hol den nochher ab, wonn ich die Ella häm bring, gell?«

»Ja ...« Die Kartoffel brachte mich an meine Grenzen, Tomaten eigneten sich allerdings hervorragend zum Zerquetschen.

»Und sunscht? Geht ders gut?«

»Ja, Heiner. Mir geht es gut. Ich richte den Bohrhammer.«

»Donkschä. Aller dann, bis nochher«

Ferienwohnung mit Licht

Es ist unvermeidlich.

Drei- bis viermal im Jahr feiert irgendein Familienmitglied des ersten bis zweiten Verwandtschaftsgrades Geburtstag und man findet sich ein. Die Lokalität wechselt dabei konstant. Mal ist es die Wohnung meiner Eltern, mal unsere, mal der Balkon meiner Eltern Gerda und Heiner oder unsere Terrasse. Gelegentlich darf es auch mal ein Restaurant sein. Allerdings nur, wenn das Restaurant bekannt, der Koch gut und meinem Vater ebenfalls bekannt ist. Meines Vaters Urteil bezüglich diverser Lokalitäten begründet sich grundsätzlich und in jedem Fall auf Preis, Nähe der Gaststätte sowie Größe und Konsistenz der Schnitzel und des Kochs. Bevorzugt sind Kegelbahnen mit Anschluss an die Gastronomie und Schützenvereine.

»Des schmeckt do fascht so gud wie bei de Gerda, sach ich. Un koschte duts beinoh nix. Do geh mer gern hi, gell Gerda«, pflegt Heiner zu loben, wenn es seinen Geschmack getroffen hatte, reichlich und günstig war.

Das Schicksal legte meinen diesjährigen Geburtstag auf einen Dienstag. Ich mag Dienstage. Nur nicht an meinem Geburtstag. Die obligatorische Einfindung meiner Eltern fand auf unserer Terrasse statt.

Nachdem ich morgens meine Kollegen bereits mit reichlich Kuchen und Gebäck beglücken durfte, selbstgekauft versteht sich, denn von einer perfekten Hausfrau bin ich ungefähr so weit weg wie Papua Neuguinea von Toiletten mit fließend Wasser, schnitt ich am Nachmittag den frisch aufgetauten Käsekuchen an.

Bitte glauben Sie nun nicht, meine Eltern wären mir auch nur im Ansatz zuwider. Nein, im Gegenteil. Ich liebe sie, wie eine Tochter ihre Eltern nur lieben kann. Mit all ihren kleinen Fehlern und liebenswerten Macken, welche im Alter bisweilen unangenehm deutlich zutage treten können. Ich trenne sie nur strikt von meinem Freundeskreis, der an meinen Geburtstagen zu einem anderen Zeitpunkt geladen wird. Aus Kostengründen und um unerträgliche Gesprächsspitzen zu vermeiden.

Es klingelt. Der Hund öffnet die Tür. Das Kind stürzt hinterher. Mein Mann brüllt: »Deine Eltern sind da.«

Schnell lege ich noch Servietten neben die Teller und bearbeite den Käsekuchen mit den Fäusten. Wirkt authentischer. Dann sprinte ich ebenfalls zur Tür.

Es ist ein heiteres Willkommen. Küsschen links, Küsschen rechts. Die stets selbstlose Ella will wissen, ob Opa auch ihr Geschenke mitgebracht hat, während der Hund an Oma Gerda hochspringt und versucht, ihr die Lefzen zu lecken. Mein Mann hilft seinem Schwiegervater Heiner aus der Jacke. Bei Gerda hat das bereits der Hund erledigt. Ich krieche dazwischen und versuche, die eine Hand meiner Mutter zu ergattern, weil an der anderen meine Tochter hängt und dabei ist, Oma in ihr Zimmer zu ziehen, um ihr die neue Bettwäsche zu zeigen.

Dieser altüberlieferte Tumult spielt sich auf ungefähr 1,5 qm Flur ab und der Hund findet meinen Vierfüßlerstand so ansprechend, dass er versucht, mich zu besteigen. Ein beherzter Brüller meines Mannes hält ihn jedoch vom Schlimmsten ab. Schließlich findet jedes Wangenküsschen seinen Platz, die Jacken hängen an der Garderobe, Geburtstagswünsche werden an mich übermittelt und das jährliche Geldgeschenk nebst Söhnlein Brillant wurde erfolgreich übergeben. Ella ist sauer, weil keiner ihre Bettwäsche bewundern will und der Hund sitzt mit Peniskrampf im Garten.

Ich seufze. Auch das geht vorüber.

»Der Kuche iss awer gud«, lobt mich Papa, »Hoscht den selwer gebagge?«

Mein Mann springt für mich in Bresche: »Schmeckt der wie gekauft, Heiner?«

»Ah nä, isch frog jo nur.«

»Noch Kaffee?«, lächele ich meine Mutter an.

»Nee Kind«, winkt sie ab, »du weißt doch, so spät am Nachmittag …, dann schlaf ich wieder nicht.«

»Die verträgt des nimmer, die Gerda. So is des, wemmer ald werd«, sinniert Heiner.

Gerda nickt bedeutungsschwer. »Na ja, man muss schon auf die Ernährung achten. Man weiß ja nicht, wie lange man noch lebt …«

Meine Tochter Ella verdreht die Augen und kaut Käsekuchen.

»Wie war denn euer Urlaub?« Mein Mann wechselt galant das Thema. Ich habe einen guten Ehemann. Er erspürt negative Schwingungen sofort und steuert dagegen. Ich steuere immer direkt drauf zu. Wir ergänzen uns. Aber ich schweife ab …

Unwissentlich gibt er damit den Startschuss für einen von Heiners gefürchteten Monologen.

Mein Vater richtet sich auf, holt Luft und langsam, ganz langsam schraubt sich sein Zeigefinger in Position.

»Mama?« Mit messerscharfer Beobachtungsgabe gesegnet erkennt mein cleveres Kind die Situation auf Anhieb und versucht, sich zu retten. »Darf ich raus spielen? Ich bin satt.«

»Klar«, sage ich neidvoll und entlasse sie mit einem huldvollen Wink in die Freiheit.

»Also des häds bei uns frieher net gewwe«, entrüstet sich Heiner und sein Zeigefinger zuckt wie der Stab eines Dirigenten. »Mir häwwe am Tisch sitze bleiwe misse, bis …«

»Wo wart ihr in Urlaub?« Mein Mann beugt sich nach vorne und blickt meinen Vater interessiert an. Wie macht er das nur? Ich lehne mich zurück, schaue alles andere als begeistert und atme tief. Das soll helfen, habe ich in einer Frauenzeitschrift gelesen. Tief ins Chakra atmen. Da ich nicht weiß, welches von den sieben Hauptchakren genau gemeint ist und wo es sich befindet, suche ich es im Käsekuchen. Gleichmäßiges Kauen beruhigt ebenfalls, stelle ich fest.

»Ja, wo war mer in Urlaub?«, kläfft mein Vater ungläubig, »Do wo mer immer sin. Seid drei Johr jetz schun.«

Besänftigend schiebt sich meine Mutter dazwischen: »Ach Heiner, loss doch«, und zu uns gewandt, »Beim Häuserwirt im Schwarzwald. Ihr wisst doch, der mit der nur einen Ferienwohnung.«

Wir nicken eifrig und haben nicht den Hauch einer Ahnung.

Heiner schlägt begeistert mit der Hand auf den Tisch: »Also des iss ä super Wohnung!« Kurze Pause. »Awwer pass uff! Die derfter net in Fäsbuck oder im Internet oder so zeige, gell. Sunschd griehe mer die vielleicht nimmer, wenn die donn jeder will.« Er schiebt eine weitere, dieses Mal jedoch mahnende Pause ein. Das Gewicht der Worte soll sich setzen.

»Die hot alles, die Wohnung. Ä Kisch mit Gscherrspielmaschien un e riese Schlofzimmer mit äm riese Bett. Jo, allerdings ...« Heiner taxiert meinen Mann mit kritischem Blick. »Fer disch könnte es a bissl eng werden, so um do so uff die Seit ans Bett zu kumme, mit deiner Größ und deiner Breite …«

»Wie? Ich bin doch nicht breit?« Mein Mann ist sichtlich belustigt. Ich bin peinlich berührt und rühre meinen Kaffee um. Das mache ich bereits seit mehreren Minuten. Wieso eigentlich?

»Ja nä, ich mähn doch so vom Zugang zum Bett her und so. Ist ein bissl eng, aber mir reicht des.«

»Achso…«, allgemeines Nicken. Nur nicht näher drauf eingehen.

Heiner fährt fort mit seiner Lobeshymne auf das Traumdomizil: »Ach, un des Wohnzimmer. So ein großes Wohnzimmer. Net altmodisch. Eher …, modern. Und ein Leddersofa, also Kunschdledder. So ä großes Ums-Eck-Sofa. Gemütlich und …«

»Ach, und das Licht«, schwärmt meine Mutter dazwischen, »Wenn man da das Licht anmacht, das ist ja so gemütlich, so gemütlich. Da kann man abends sitzen … Ach, so gemütlich.«

Heiner reißt den Arm hoch, wedelt mit dem Zeigefinger und pflichtet ihr begeistert bei.

»Die Terrass, die Terrass. So schee. Wonn du do drausse hogscht …«

»Ja, so gemütlich, gell? Und das Licht ...« Mutters Augen glänzen.

»Möchte jemand ein Bier?«, fragt mein Mann. Ich nicke benommen. Eigentlich trinke ich kein Bier.

»Des is so schee, wonn du do hogscht. Gut, ja, die Aussicht is net so toll, weil do de Parkplatz direkt vor de Terass liegt, aber …«

»… das Licht. So gemütlich«, ergänzt Mama.

Prost, ein Bier aufs Licht!

Heiner nippt am dritten Bier, schüttelt den Kopf, als könne er es kaum fassen. »Also, die Wohnung …, so was Gudes.«

»Und das Licht!«

»In de Kisch steht´n riese Tisch. Do konscht dro sitze.« Heiner wackelt mit dem Kopf. »Un die Leit, die am Fenschter vorbei laufe, die störe net.«

Gerda nickt zustimmend, ihr Blick ist nach innen gerichtet. Sie weilt sicher im Schwarzwald. Beim Licht.

»Wisst ihr, die Wohnung liegt im Suttereng, do kenne die Leit net so nei gucke, wonn se vorbeilaafe. Auch net ins Schlofzimmer. Awwer mer sinn echte Friehuffsteher, gell Gerda?«

Frühaufsteher? Wer? Habe ich etwas verpasst? Kurz eingenickt?

»Wieso Frühaufsteher?«, frage ich perplex.

»Ah, weil mer donn de Briefträger net hören.«

Nun ist auch mein weiser, stets jeder Situation gewachsener Mann irritiert: »Briefträger?«

»Ja, weil doch die Briefkäschde direkt am Schlofzimmer sin. So vun ausse. Verschdehscht?«

Gerda lächelt erhaben. »Ja, wenn der Briefträger morgens um sechs Uhr die Briefe einwirft, dann sind wir ja schon lange wach.«

»De friehe Vogel, …kennt er doch, des Sprichword, gell?«

Müde lächle ich meinen Vater an. Was will ich eigentlich? Andere zahlen für so was Eintritt. Scheiß aufs Glas. Ich trinke das Bier jetzt aus der Flasche.

»Und das Licht, so gemütlich!«

Prost

Ausgerechnet Ägypten

Wie jedes Jahr befanden wir uns in einem Zustand äußerster Überarbeitung und unser nächstes Reiseziel sollte die ersehnte Entspannung bringen. Die Entscheidung fiel schnell. Nach Ägypten würde es uns führen, in das Land der Pyramiden, Pharaonen und Tempelanlagen.

Ägypten. Das Klima, die gut erhaltenen Bauwerke, Sonne pur bei geringer Luftfeuchtigkeit, darüber hinaus faszinierende Unterwasserwelten und ... Delfine.

Unser Traumland rückte in greifbare Nähe. Zudem nun Ella, unser wohlgeratener Spross, dem Hanni-und-Nanni-Alter entsprungen, und reif für weitere Herausforderungen zu sein schien. Ebenso wie ihre reisehungrigen Eltern brannte sie darauf, auf Pyramiden zu klettern, mit Delfinen zu schnorcheln und Nemo zu sehen.

Beschlossen, gebucht. Jetzt musste es nur noch verkündet werden. Und zwar meinen Eltern. Hunde-, und Homesitter während unserer Abwesenheit.

Mutter Gerda ließ sich diese Gelegenheit nicht entgehen, uns opulent zu bekochen. Geschnetzeltes mit Gurkensalat.

»Ach Gott«, piepste sie und griff sich an die Brust, »Ägypten? Ausgerechnet Ägypten?«

Ohne Rücksicht auf Oma jubelte unser wohlgeratener Spross los: »Ja, Oma! Ist das nicht toll? Ich darf die Pyramiden sehen. Ich darf die Pyramiden sehen.«

Meines Vaters Miene verfinsterte sich. Langsam, sehr langsam hob er seinen Zeigefinger und blickte uns an. Aus seinem Blick sprangen uns geballte Erfahrung und Weitsicht entgegen. Nur noch das eintönige Ticken der Kuckucksuhr war zu hören. Ella erstarrte mitten im Freudensprung und die Soße auf Mutters Schöpfkelle gefror schlagartig. Wir hielten die Luft an.

»Ach Gott, nä«, grollte Heiner bedeutungsschwer, »Jetzt a noch Ägypten! Ihr wisst, wasser eisch domit andut.«

Mein stets diplomatischer Mann rollte die Augen und nahm sich scheinbar ungerührt einen Knödel. Ich zog Ella an den Tisch und gab ihr zu verstehen, jetzt besser leise zu sein. Alles würde gut.

»Was tun wir uns denn an, Papa?«, wollte ich wissen. Dabei verzog ich meine Lippen zu einem Lächeln, kaute, nickte und lächelte, kaute und nickte.

Mein Vater blickte uns der Reihe nach an und hob den Finger noch etwas höher. Das sollte uns klarmachen: ungeteilte Aufmerksamkeit bitte!

»Mein Kolleesch ...«, begann er. Dabei bewegte sich sein Zeigefinger mahnend auf meine Nasenspitze zu und wippte vor und zurück, bevor sich Heiner schließlich zurücklehnte und die Arme verschränkte.

Ist es erwähnenswert, dass mein Vater bereits seit sechs Jahren ein entspanntes Rentnerdasein führt und in etwa genauso lange keine Kollegen mehr hat? Egal.

»Mein Kolleesch war mol in Egippde..., des iss schun ganz long her. Der is HEIT noch kronk! Der werd net mehr gsund! HEUTE is der noch kronk, sach ich eisch! Habter gehert? HEIT noch kronk!«

Bei jedem *Heit* zuckte sein Zeigefinger zwischen uns hin und her.

Ella schaute mich irritiert an. Ich zwinkerte ihr beruhigend zu.

Der Opa meint das nicht so. Alles wird gut.

Mein stets ausgeglichener Mann beschloss, die Situation aufzulockern und fragte meine Mutter, ob er ein Glas Wein haben könne.

»Eijo, Trink nur, Borsch. Solong de noch konscht. Wenner mol in Eggypde wart, donn geht des vielleischd nimmer!«

»Jetzt hör aber auf, Papa!«, wetterte ich.

Genug gekaut, gelächelt und genickt. Schwarzmaler, kleinkarierter.

»Glabschd mer net? Frog die Gerda. Die Fra vun dem iss sogar wochelong im Kronkehaus gwese. Wonn ich ders saag.«

Meine Mutter nickte mit zusammengekniffen Lippen und stellte eine Flasche Wein auf den Tisch. »Ja, aber war die Frau wegen Ägypten im Krankenhaus, Heiner? Ich dachte, das wäre wegen…«

»Wonn ichs sag! Glei nochm Urlaub. Die hot Gschisse und Gekotzt als gäbs ke Morge mehr. An de Tropf hot se misse. An de Tropf! Un mir hän net gwisst, ob se nochemol rauskummt. Schlimm war des. Gonz schlimm. Nä nä.«

»Mama? Darf ich aufstehen? Ich habe keinen Hunger mehr.« Meine leichenblasse Tochter zupfte mich am Ärmel. Ich schickte sie mit einer DVD in mein ehemaliges Kinderzimmer.

Inhalt: »Tod auf dem Nil.« Agatha Christi.

»Hach Kinder, könnt ihr nicht woanders Urlaub machen?«, meldete sich meine Mutter weinerlich zu Wort.

»Loss es, Gerda«, winkte Heiner verächtlich ab, »denen konscht nix sage. Die häre net uff uns.«

Dann wandte er sich an mich und fuchtelte mit der Gabel vor meinem Gesicht herum. »Awwer wonn er kronk seid, kummt bloß net zu uns!«

Mein stets unaufgeregter Mann stellte sein Glas lautstark auf dem Tisch ab. »Heiner! Wir denken, dass wir erwachsen genug sind, um so etwas abwägen zu können.«

»Isch mähn jo nur…«, nuschelte mein Vater.

»Ja«, pflichtete Gerda bei, »Der Heiner meint das nicht so.«

Doch, dachte ich, der meint das genau so. Genauso meint der das!

»Warum geht ihr denn net an die Ostsee? Do isses doch so schee. Des konscht doch nur noch mit de Karibik vergleiche«, lenkte Heiner ein.

»Warst du schon einmal in der Karibik?«, fragte ich nach.

»Ah nä, ich denk mer des halt so. Oder, Gerda?«

Meine Mutter nickte kampflos. »Ja, aber …, ach Gott! Ausgerechnet Ägypten!«

Dialog normal

Vater: Also, als wir letztes Jahr in Tirol waren, da ...

Mutter: Heiner, wir waren in Zell am See!

Vater: Als wir also letztes Jahr in Zell am See oben an diesem Bergsee standen, da ...

Mutter: Heiner, wir waren nicht oben. Wir standen unten am See!

Vater: Als wir also dann in Zell unten am See standen, da war der Hund grün vom ...

Mutter: Also Heiner, das war ja ganz woanders. Das war am Titisee. Also wirklich, du wirst alt!

Vater: Als wir also letztes Jahr am Titisee standen, da ...

Mutter: Wir waren in Zell!

Vater: Aber nicht am Bergsee

Mutter: Nein!

Vater: Und wo war der Hund dann, als er in diese Algen sprang?

Mutter: Am Titisee! Herrjeh!

Vater: Aber wir waren doch in Zell!

Ich: Wart ihr nicht letztes Jahr in der Schweiz?

Vater und Mutter: ach ja. Stimmt.

Ein ganz normales Familienzusammentreffen.

Tierisches

Nicht ohne meine Socke

Lieben Sie Spaziergänge im Regen? Nein? Ich auch nicht.

Das ist normal, so geht es Vielen. Spaziergänge im Regen, insbesondere bei Dauerregen, können bisweilen recht feucht werden. Hundebesitzer wissen, wovon ich rede.

Solange ich im Büro kreativ sein und mich ablenken kann, stört mich das Geprassel am Bürofenster nur unterschwellig. Der kommende Gassigang wird erfolgreich verdrängt. So schiebe ich mein knappes Zeitfenster gedanklich weiter auf und hoffe auf besseres Wetter.

Nach Feierabend bleiben mir leidliche zehn Minuten Zeit, mich elfengleich ins Auto zu wuchten und nach Hause zu rasen. Dort angekommen springe ich in die Könnendreckigwerdenweilsieschondreckigsind-Jeans. Mein vierbeiniger und ohne mich völliger hilfloser Freund Socke wartet bereits mit zusammengepressten Hinterbeinen und vorwurfsvollem Hundeblick an der Tür.

Draußen regnet es in Strömen und ich kann mir nichts Belebenderes vorstellen, als eine Stunde im Sturzregen über matschige Feldwege zu schlurfen.

Wer zum Henker wollte einen Hund? Ich!

Die den Hundebesitzern schmackhaft servierte künftige Bewegungsfreude stellt sich wie versprochen und ausschließlich bei schönem Wetter ein. Bei Dauerregen schlägt es in Bewegungsnötigung um.

Bei der Rückkehr stelle ich fest: Das Hundetrockenrubbel-Tuch ist noch vom morgendlichen Gassigang meines besten Ehemannes von allen klitschnass.

Egal, dieses Mal tut es das noch und der Rest vom Feld fällt sowieso im Laufe des Tages in der Wohnung ab.

Also rubbele ich das Fell, unter dem sich eine Unterwolle verbirgt, in der ein Zwergenstaat hausen könnte, so gut, wie es eben geht, trocken. Das heißt, der Matsch vom Acker reibt sich gleichmäßig in das nasse Fell und ich bilde mir nur ein, es wäre halbwegs frei von Schmutz.

Dann schäle ich mich aus den nassen Jeans, stelle die Gummistiefel in die Tropfschale und werfe ein tränendes Auge auf meine Joggingschuhe. Socke bekommt ein getrocknetes Schweineohr, weil er so schön Gassi im Regen war.

Im Folgenden genehmige ich mir eine Tafel Schokolade, mit Nüssen und Rum. Weil auch ich so schön Gassi im Regen war.

Es gibt kein schlechtes Wetter, es gibt nur schlechte Kleidung. Recht haben Sie, die ewig Schlauen und Regendauerläufer. Aber ich gehöre definitiv nicht dazu. Auch gute Kleidung wird dreckig und nass und muss gewaschen werden. Gute Kleidung darf man nicht mal in den Trockner geben. Ich bin kein Pessimist, nur ein bisschen unter permanentem Zeitdruck.

Und darüber hinaus ist die Frisur im Eimer.

Das hätte mir mal einer früher sagen sollen. Ein Hund ist nicht nur Dutzidutzi, ach guck mal, wie süß der gucken kann. Der beste Freund des Menschen ändert sein Leben von Grund auf. Im positiven wie auch im negativen Sinne.

Seit Socke ticken bei uns die Uhren anders.

Der Hund muss raus, komme, was wolle. Keine Lust, schlechtes Wetter, Schneesturm, Hagel, gebrochenes Bein oder Menstruationsweltschmerz.

Egal.

Meine Güte! Vorhin waren es noch Profits and Lost, kurz darauf Matsch und Pfützen. Was sind wir berufstätige Mütter doch für Allrounder. Tausendsassas, Alleskönner, eierlegende Wollmilchsäue, stets flexibel und einsatzbereit, nie krank. Und wenn doch, dann wird dieser unliebsame Zwischenfall auf Termin zwischen Elternabend und Anpassen der Zahnspange gelegt. Natürlich erst nach dem Büro, dem Gassigang, dem Mittagessen und nach dem täglichen Hausaufgabenterror, das heißt, wenn dann noch Zeit bleibt.

Also eigentlich nie.

Mütter sind nur während des Schlafens krank und da schlafen sie sich gesund.

Wie dem auch sei: Wir lieben Socke. Ohne ihn würde etwas fehlen. Wie zum Beispiel die nie versiegende Flut von Hundehaaren, die ganzjährig aus dem Hund fallen oder bandwurmähnliche Sabberfäden, die sich beim Schütteln auf Wänden, Heizkörpern und Kleidungsstücken verteilen.

Diese Dinge nehme ich je nach Hormonzustand mehr oder weniger gelassen hin.

Und es berührt mein Herz, zu sehen, wie Socke sich freut und im Kreis wedelt, wenn ich zurückkehre, nachdem ich nur kurz den Müll raus gebracht habe.

Gemeinsam erkunden wir unbekannte Wege im Odenwald und im Winter zieht er unsere Tochter mit dem Bob über schneebedeckte Wege. Socke ist ein fester Bestandteil unserer Familie, Joggingpartner, Freund, Clown und Beschützer. Socke ist nicht mehr wegzudenken. Und nach einem Spaziergang im Dauerregen denke ich mir: Ohne Socke wäre ich bei dem Sauwetter garantiert nicht raus gegangen. Was soll ich sagen? Auch ein Spaziergang im Regen hat was.

Danke, Socke.

Das Elend am anderen Ende der Leine

Hin und wieder treffe ich sie auf dem Feld, die Hundehalter der anderen Art. Jedes Mal von Neuem stellt sich mir die Frage: Soll ich drüber lächeln oder dem bemühten Menschen die Leine aus der Hand nehmen? Letzteres wäre vermutlich das Sinnvollste. In jedem Fall gehört mein Mitleid dem Tier.

Schon von Weitem sah ich eine Frau mit einem schwarzen Hund. Das Tier schien freundlich gesinnt, machte Anstalten, meinen Hund begrüßen zu wollen. Es wedelte und blickte uns aus gutmütigen Kulleraugen neugierig entgegen.

Bis ein Ruck an der Leine ihn schroff aus der Gefahrenzone riss. Ich blickte mich um. Keiner da. Demnach mussten wir die Übeltäter sein. Wie konnte ich auch mit einem mehr als kniehohen Hund ohne Leine auf einsamen Feldwegen laufen.

Die zierliche Person am anderen Ende der Leine stieß einen spitzen Schrei aus, zog das verwirrte Tier hektisch ins Kornfeld, und schleuderte gehetzte, ja beinahe zornige Blicke in meine Richtung. Mitten im Feld duckte sie sich und ich sah nur noch sich bewegende Getreidebüschel. Wahrscheinlich gedachte sie, im Schutz der Halme zitternd zu verharren, bis das der Hölle entsprungene Wesen vorbei wäre.

Damit meinte sie nicht mich, sondern Socke, meinen Deeskalationshund. Socke, der stets sanftmütig und erfreut wedelnde Huskymix, der tief in seinem Herzen glaubt, ein Schoßhündchen zu sein und jedes Lebewesen liebt. Sogar Katzen.

Also blieb ich am Kornfeld stehen und rief in die raschelnden Halme hinein, was denn genau ihr

Problem wäre. In der Zwischenzeit hatte mein harmoniebedürftiger Gefährte am Rand des Feldes Platz genommen, legte den Kopf schief und war ebenso gespannt wie ich, was passieren würde. Gute Idee. Ich setzte mich ebenfalls. Gemeinsam mit Socke starrte ich Richtung verschwundener Frau. Wo war sie gleich nochmal? Ah, da.

»Mein Hund!«, kreischte es sich überschlagend heraus, »Er hat Angst vor anderen Hunden. Vor anderen großen Hunden!«

Selbst nach vielen aufmunternden Worten war die Dame nicht aus dem Feld zu bewegen. Das Tier dieser Lady allerdings schien emsig damit beschäftigt, sein Frauchen lautstark zu beschützen, da diese den Eindruck erweckte, große Gefahr lauere auf dem Weg vor ihnen.

Ich beschloss, das arme Tier im Kornfeld zu erlösen, erhob mich und ging kopfschüttelnd meiner Wege. Ich hätte schwören können, auch Socke hatte den Kopf geschüttelt und lautstark geseufzt.

Nun, derlei Begebenheiten tragen sich in verschiedensten Ausprägungen des Öfteren zu. Dies brachte mich darauf, einige Hundehaltertypen aufzuführen.

Der Könner

Der Könner leint seinen Hund an, wenn ihm ängstliche Menschen, Radfahrer, kleine Kinder oder andere angeleinte Hunde entgegenkommen. Sein Tier lässt sich jederzeit abrufen und wird sich an kritischen Stellen niemals außerhalb einer bestimmten

Reichweite zum Könner befinden. Der Könner ist das Leittier. Der Hund hat Vertrauen und fühlt sich sicher geführt.

Der Angstkläffer

Hier ist nicht der Hund gemeint, sondern der Halter. Sieht er andere Hunde, leint er sein fröhlich wedelndes Tier hektisch an, zieht die Schultern hoch und zischt fortlaufend: »Fuß! Fuß!«

Dabei wirft er dem Entgegenkommenden keinen Blick zu, weil er damit beschäftigt, die Leine kurz zu halten, ohne das Tier zu strangulieren. Alternativ dient ein Korn- oder Maisfeld als Rückzugsort.

Irgendwann wedelt das Tier niemandem mehr freundlich zu und der Angstkläffer wird bestätigt. Sag ich doch. »Fuß!«

Der Bagatellisierer

Dieser Typus ist gefährlich. Er glaubt an seinen Hund. In erster Linie aber an sich selbst. Denn er hat stets alles im Griff. Auch den Hund. Vermutet er, ist sich aber nicht sicher. Natürlich würde er das niemals zugeben.

Aus diesem Grund trägt der Hund ein Würge- oder ein Nietenhalsband. Das sieht nicht nur imposant aus, das zeigt auch, dass die Bestie nur ihm gehorcht. Jederzeit. Versteht sich.

Der Bagatellisierer läuft betont lässig und beruhigt sich selbst und jeden anderen Hundehalter mit den Worten »Der tut nix« oder »Keine Sorge. Alles in Ordnung«.

Selbst auf fünfzig Meter Entfernung.

Bei dieser Gelegenheit fragt man sich, ob der Typ die aufgestellten Nackenhaare seiner tickenden Zeitbombe absichtlich herunterspielt oder erfolgreich ausblendet.

Im Zweifelsfall war der andere Hund schuld. Klar, oder? Seiner tut ja nix. Hat er noch nie, und überhaupt, das war das erste Mal. Sonst hat er ihn total im Griff.

Der Protzer

Sein Statussymbol ist sein Hund und seine Macht über ihn. Die imaginären Rasierklingen unter den Achseln lassen gerade noch das verkrampfte Halten der kurzen Leine zu. Das Tier läuft permanent und akkurat »Bei Fuß« und kann sich glücklich schätzen, wenn die Vorderpfoten gerade noch eben den Boden berühren. Das macht den Protzer stolz, hebt sein Selbstbewusstsein und sein Kinn.

Der Unsichere

Das Tier läuft an einer Schlepp- oder Flexileine. Trifft der Unsichere andere Hundehalter, freut er sich, vornehmlich für sein Tier und auf das zu erwartende Sozialtraining.

Dabei wickeln sich diese dünnen Leinen, mit denen man problemlos einen Braunbären für die Ewigkeit an einen Baum binden könnte, um die Beine der Halter und Hunde. Der Unsichere murmelt freundliche Entschuldigungen, während er emsig damit beschäftigt ist, den Leinenwirrwarr aufzulösen, indem er um seinen Hund herum läuft, sich unter den

Schnüren hindurch windet, um schließlich erschöpft seiner Feldwege zu ziehen.

Der Praktische

Er ist schon von Weitem zu hören, denn er hat alles, was der Hundehalter von heute benötigt.

Trillerpfeife, Klicker, Rascheldose und Leckeritüten. Der Scheißbeutel klebt an der Hüfttasche direkt neben der Zeckenzange und zum unerlässlichen Erste-Hilfe-Set gehören unbedingt Sprühdesinfektion, Furminator, Krallenklipser genauso wie ein auffaltbarer Wasserbehälter, Wasserflasche und Feuchttücher. Man kann ja nie wissen.

Der Unterwürfige

Er läuft generell hinter dem Hund. Die Leine ist gestrafft, ebenso wie der Arm des Unterwürfigen, weil die unerzogene Töle seinen Menschen überall dort hinzieht, wohin es ihr beliebt. Der Unterwürfige hingegen blubbert das Tier voll mit Androhungen über Entzug von Leckerchen und Wiederholungen: »Hier jetzt«, »Kommst du wohl!«, »Ich sag es dir nicht noch einmal, …!«, »Fuß«, »Bleib!« und »Jetzt aber …!«

Garantiert selbst beobachtet, definitiv nicht ernst gemeint und mit Sicherheit unvollständig.

Jenseits von China

Die Einen treten in Fettnäpfe, die anderen haben Schwein. Wie zum Beispiel die Chinesen. Aber ich greife vor.

Ich bin verzweifelt auf der Suche nach Schweineohren. Getrocknet. Schön fettig und crunchy. So, und nur so liebt Socke sein tägliches Öhrchen.

Seit einigen Wochen jedoch erglänzt Tag für Tag still ein Tränchen im treuen Hundeauge. Immer dann, wenn ich ihm ein Stück getrocknete Schweinkopfhaut hinhalte.

Eklig? Widerlich? Nicht für Socke. Nur zu klein. Ein gerade mal daumengroßes Müffelteil ist ein schäbiger Ersatz für monströse, knackige und lecker stinkende Schweineohren.

Gebrochen blickt er mich an und nagt lustlos auf dem dargebotenen Ersatzstück herum.

Dass er mir dies unverschämt teure Abfallprodukt, für welches andere Hunde töten würden, nicht in Gesicht spuckt, ist allein seiner guten Erziehung zu verdanken.

Unermüdlich pilgere ich von einer Tiernahrungshandlung zur nächsten. Von einem Baumarkt zum anderen. Ich erpresse, bettle, beschwöre, drohe und feilsche. Es hilft alles nichts. Die XL-Packung Schweineohren für garantiert stundenlangen Kauspaß gibt allenfalls taubeneigroße Teilstücke der Ohrmuschel her. Mit viel Hingabe und Mut zur Lücke ergäbe es sicherlich ein nettes Puzzle. Meine Tochter weigert sich jedoch.

Socke begutachtet verächtlich diese Endverbraucherverarsche, atmet kurz ein und das erste Ohrmuschelfetzchen ist Geschichte.

Wo sind die Schweineohren hin? Wo sind sie geblieben?

Ich sag´s euch. Bei den Chinesen. Eigentlich mag ich China. Das Land des Willkommens und der Toleranz. Schweineohren gelten dort als Delikatesse. Das geht sogar so weit, dass scheinbar clevere Händler versuchen, die leckeren Öhrchen mit einer Mischung aus Gelatine und Seifenzusatz zu fälschen. Der Wohlstand steigt und jetzt wollen sie Fleisch. Mehr Fleisch, als sie produzieren können. Sehnig, knorplig, fettig und kauintensiv

Die Welt hatte hierüber berichtet mit einem Artikel über Chinas Lust auf Schweineohren. Das können Sie jederzeit im World Wide Web nachschlagen, falls Ihnen der Sinn nach dem Geheimnis des Schatzes der verlorenen Kaufreude steht.

Und Socke? Sein Flehen und Darben bricht mir das Herz. Ich träume des Nächtens von Filmklassikern wie Vom Inder verschmäht, Jenseits von China und Schwein oder Nichtschwein.

Die nette Verkäuferin vom Baumarkt versprach mir auf die Bibel, die nächste Lieferung von Schweineohren auf Größe und Konsistenz der in den Tüten befindlichen Brocken zu prüfen. Mein stets redlicher und bester Ehemann von allen merkt beiläufig an, meine fauchende Drohung und der feste Griff meiner Hände um ihren Hals wären bei dem Schwur behilflich gewesen. Ich behaupte, der Anblick eines dargebotenen Geldscheines beliebiger Höhe kann Wunder bewirken. Nun, ich erinnere mich an solche Kleinigkeiten nicht mehr.

Wie dem auch sei, sie versprach mir, bei dem Fund eines oder mehrerer ganzen Ohren in einer Packung, wird sie mich umgehend, noch vor allen anderen auf der Warteliste stehenden, informieren.

Socke leckte zum Dank ihre Hand.

Wer kann diesen Hundeaugen schon widerstehen?

Skurriles

Ruchloses Volk!

Ich war unterwegs nach Weibersbrunn, als wir an Ortschaften mit eigenwilligen Namen wie Mainaschaff und Waldaschaff vorbei kamen und ich stellte mir folgende schwerwiegende Frage: Warum?

Warum gab es Städte wie Luschendorf, Hassloch, Billigheim, Rödelshausen, Linsengericht oder Schimmeldewog?

Wo haben solche Ansiedlungsbezeichnungen ihren Ursprung? Für Weinheim beispielsweise ist das recht einfach. Der Name entspringt nicht dem Wein, sondern einem Franken namens Wino. Wino schlug als Erster seine Heimstatt auf, segnete die Erde und verkündete stolz: »Ich taufe dich auf Winos Heim.«

Das war es schon. So einfach kann es sein.

Ist Aschaffenburg ähnlich zu behandeln? Überlieferungen berichten zwar, es wären der Fischer und seine Frau als Namensgeber bekannt, die vom Fisch letztendlich dann doch verstoßen wurden, weil die alte Schabracke einfach keine Ruhe gab. Das konnte jedoch bislang faktisch nicht belegt werden und ist höchstwahrscheinlich pure Erfindung.

Wahrscheinlicher ist dies:

Es errichtete vor langer, unendlich langer Zeit ein einzelner fleißiger Mann eine Burg. Nach menschlicher Voraussicht wollte er seinem Weib imponieren.

Da kam ein Wandersmann daher und fragte: »Was machst du da?«

»A schaffe!«, lautete die einsilbige Antwort des Strebsamen, was so viel bedeutet wie: Sehen Sie das nicht? Ich arbeite.

»Und was?«

»Burg«, nuschelte dieser zurück und arbeitete emsig weiter.

»Ah, schaffen Burg«, rekapitulierte der weise Wanderer. Er ließ sich ein paar Hundert Meter neben dem Burgbauern nieder und baute ein Haus. Nach einer gewissen Zeit kam ein weiterer Mann hinzu. Und so weiter und so weiter.

Zu diesem Zeitpunkt entstand A-schaffen-burg.

Doch zu einer Zeit beschwerte sich ein wohlhabender Großindustrieller, dass um ihn herum zu viele Aschaffenburger wären. Er wolle sein eigenes Aschaffenburg, basta. Also trat er auf den Acker am Rande der Stadt, bestückte jeweils eine Ecke seines abgesteckten Terrains mit einem Bierkasten und rammte schließlich eine Fahne mit der Aufschrift Mainaschaffe in den Boden. So kam Aschaffenburg zu dem Vorort Mainaschaff.

Doch kann der Frömmste nicht in Frieden leben, wenn es dem Nachbarn nicht gefällt. Diesmal war es jedoch ein rechtschaffener Arbeiter, der einen Anspruch erhob. Wenn es ein Mainaschaff gäbe, müsse auch ein Deinaschaff ins Leben gerufen werden. Das wäre nur recht und billig.

Der Stadtrat schmetterte den Antrag kommentarlos ab. Es gab momentan Wichtigeres.

Am Ortsrand wurde just fieberhaft über der Planung einer anderen Stätte gebrütet: Schweinheim.

Und das kam so.

Den Frauen der Stadträte war die Umtriebigkeit ihrer Gatten in diversen Etablissements ein arger Dorn im Auge. Drum schufen sie schließlich Kraft ihres Willens und der Demut ihrer Männer den Ort Schweinheim. Schlussendlich besaß der Ort nicht mehr als ein Bordell und einen Aldi, damit die Männer auf dem Hinweg das Leergut mitnehmen konnten.

Doch irgendwann war den Ehefrauen der Ort zu nah an ihrem trauten Heim. So entstand nach kurzer Zeit ein Dorf mit Namen Gailbach. Dem Unmut nicht genug empfand des Fischers Frau diese Entfernung ebenfalls als viel zu nah. Ruchloses Volk, Sittenverfall, Moralmodrigkeit! Was sollen die Nachbarn sagen?

Also schickte man die Gunstgewerblerinnen nach Weiberhof. Von dort aus durchquerten sie unter Qualen den Frauengrund, um schließlich zum Wald zu gelangen, damit sie künftig von dort anschaffen konnten.

Wir rekapitulieren: Einige Namen weisen gemeinsame Ursprünge auf, meist ein Gemisch aus alten Sprachen, welche noch in unserem heutigen Sprachgebrauch anzutreffen sind. Entweder beziehen sie sich auf Eigenschaften, Herkunft oder Taten.

Entstanden auf diese Art und Weise die Namen der heutigen, durchaus beschaulichen Städtchen Aschaffenburg nebst Vororten?

Wahrscheinlich nicht.

Guten Tag.

Das Eva-Prinzip

War Aldi maßgeblich an der Schöpfungsgeschichte beteiligt oder kam das später?

Ein mir entfernt bekanntes Wesen männlichen Ursprungs kam vor einiger Zeit in einem Gespräch vom aldieigenen Brotbackautomat direkt auf die Apfelsünde. Sogar das EVA-Prinzip diente ihm im weiteren Verlauf dieser skurrilen Unterhaltung als Grundlage für die Schuld, die auf uns Frauen lastet.

Dies könnte so einige tiefenpsychologische Erwähnungen finden und legt den Verdacht nahe, dass der Mann nicht nur eine ausgereifte Klatsche hat, sondern am Anfang der Flaschenautomat war. Alles andere ist Plastik mit Hirn, und ich habe beschlossen, Hugo nicht zu mögen. Aber ich schweife ab.

Lassen Sie mich erklären, die Schöpfungsgeschichte wird in keinster Weise angezweifelt. Nur der Umstand, ob und wie Adam zum Apfel kam, ist doch sehr umstritten.

Klarstellend muss gesagt werden, dass Adam, als er mit dem Benennen der Tiere fertig war, noch einen Moment bei den Bonobos verweilte. Es faszinierte ihn sehr, was diese menschenähnlichen Tiere trieben. Es war etwas, was man heute sexuelle Interaktion nennt. In Adam pochte spontan eine sich keimhaft infizierende Lust. Natürlich probierte er dies umgehend mit Eva aus, die ebenfalls sehr großen Gefallen daran fand, und den Schöpfer jubelnd pries. Mehrfach.

Dem Herrn allerdings gefiel diese den einfachen Tieren zugetane Tätigkeit mitnichten und er donnergrollte: »Bitte, jetzt habt ihr ihn, den Sündenfall. Das muss ich bestrafen!«

Er sah grimmig zu Adam, der ihm so ähnlich war. Dann traf sein zorniger Blick das verführte Weib. Da damals noch jeder Monat achtundzwanzig Tage hatte, musste Eva nun zyklisch für das bezahlen, was Adam angezettelt hatte.

In dieser Zeit betrachtete der Herr nachdenklich den Baum der Empfängnis. An diesem sollten sie wachsen, die Menschlein, um nach neun Monaten reif gepflückt zu werden. Soweit die Zielsetzung.

Da er nach wie vor grollte und darüber hinaus nach einer Sanktion suchte, änderte er kurzerhand seine Menschheitsplanung. Ab sofort wuchsen am Baum der Empfängnis Feigen an den Ästen und Eva bezahlte Fleischeslust mit Schwangerschaften.

Darüber war nun wiederum Adam not amused und beschwerte sich lautstark beim Herrn, dass er einmal im Monat für ein paar Tage darben müsste, die Schwangerschaften mal rausgerechnet, und das ginge ja jetzt nun gar nicht. Überhaupt wäre eine Frau nicht ausreichend.

Adams Worte verletzten Eva sehr. So bot sie ihrem Liebsten das Köstlichste dar, was sie erreichen konnte: eine Feige. In den Überlieferungen wurde aus der Feige ein Apfel. Die arme Schlange hing hingegen nur als Schmuck über Evas Schultern.

Auch heute möchten die Evas dieser Welt den »Herren der Schöpfung« gefallen. Die Schlange hat demnach eine völlig andere Symbolik.

So oder so ähnlich könnte sich das abgespielt haben. Möglicherweise steuern die Herren aus diesem Grunde so gerne den Brötchenautomaten an.

Das Eva-Prinzip. Eingabe - Verarbeitung - Ausgabe. Muss man nicht groß drüber nachdenken.

Offensichtlicher geht es kaum. Also, bitte.

Appel, Appel, Appel!

Das Eva-Prinzip lacht jeden Mann an. Hier ist unter anderem der einfache, leicht verständliche Ablauf des Brötchenbackautomaten maßgeblich: Mann gibt ein, was er will, es wird genauso verarbeitet, sogar mit Kommentar versehen, und anschließend ausgeworfen.

Also Eingabe-Verarbeitung-Ausgabe.

Simpel, einfach, klar strukturiert.

Dabei ist das Eva-Prinzip noch einfacher, noch simpler. Schmeiß Adam ein paar Äpfel hin und er beißt rein.

Wohin uns das geführt hat, wissen wir ja.

Tschüss, G-Punkt

Die moderne, technikaffine Frau hat sich vom G-Punkt verabschiedet. Diese für manchen Mann doch gelegentlich mysteriöse Stelle wird neu definiert. Der G-Punkt hat Pause, denn jetzt gibt es MenS Office, das Anwendungstool für den suchenden Mann und die interessierte Dame.

Werden Sie ihr eigener Lovedesigner mit dem neuen MenS Office. Das Tool besticht durch seine neuartigen Anwendungen: Sword, Access Point und P-Point. Durch verschiedene Weiterentwicklungen können Sie Ihren Instinkten intuitiver folgen, direkter auf Systemwechsel reagieren und spontanen Bugs ausweichen. Beispielsweise liefert der idiotensichere ILV-Navigationsbereich via Sword 2014 benötigte Informationen schneller, wobei alle Treffer mit einem akustischen Signal angezeigt werden. Der P-Point gibt dem gewillten Mann mehr als je zuvor die Möglichkeit, dynamisch zu interagieren. Spannende Features und visuelle Effekte helfen ihm, eine klare und eindrucksvolle Vorstellung zu geben, mit der er die Dame seiner Wahl beeindrucken kann.

Kein kleines, schier unauffindbares 50 Cent großes Areal im dunklen Inneren der Dame. Nie wieder erfolgloses Herumstochern im Nirwana. Neue, modifizierte P-Pointtools vereinfachen das Auffinden durch die ultimative Sensortouchfunktion und sichern so die Feinanpassung einer jeden Position, damit diese ihre optimale Wirkung entfalten kann.

Jeder Griff ein Erfolg.

Die wahlweise zuschaltbare Multiorgasmfunktion ermöglicht es sogar, den P-Point 2014 zusammen mit anderen Personen zu erarbeiten. Ferner drängen die neuen Strukturen des P-Points den Nutzer, seine Gedanken auf einfache Gliedpunkte zu reduzieren. Zurück bleiben simple, zielgerichtete Aktionen.

Komplexere Zusammenhänge fallen von vorneherein unter den Tisch, was dem Mann an sich und seiner einfacheren Struktur sehr entgegenkommen dürfte.

Für die sexuell aktive Frau wäre eine WAP-Erweiterung im Basic-Service-Set zu empfehlen. Diese Erweiterung ist in der Lage, unterschiedliche Hardware annähernd ähnlichen Niveaus zu verbinden und gleichzeitig Kollisionen zu vermeiden.

Also eine bahnbrechende Erfindung? Oder einfach nur ein Glas Wein zu viel?

Bestellen Sie jetzt auf keinen Fall: MenS Office P-Point 2.0 inkl. Erweiterungspacks 1-93, plus WAP im BSS.

Gedankliches am Ende

Dieses Büchlein ist der zweite Teil einer Reihe. Der erste trägt den Titel »Das liegt am Wetter«.

Vielleicht ist dieser erste Titel schuld an dem Titel »Kaffee ist alle«. Warum?

Für mich gilt: Wenn mal irgendetwas am Wetter liegt - und das ist so ziemlich alles - ist zumeist auch noch der Kaffee alle.

Das ist zumindest eines meiner persönlichen Schreckenszenarien und bereits oft geschehen. Sauwetter und kein Kaffee. Gut, es gibt Schlimmeres. Aber diese Situation gehört eindeutig zu den kleinen Tagesvermiesern.

Sind wir doch mal ehrlich. Wir sitzen mit Kopfschmerzen im Büro oder zu Hause vor dem Computer. Wer ist schuld? Das Wetter. Gestern war es noch schön und sonnig und lockte jedermann ins Freie. Und heute? Nieseldichte Wolkenschicht kurz über unserer Schädeldecke. Also was tun? Erstmal Aspirin einwerfen und einen Kaffee trinken.

Zwickt das Knie? Die alte Verletzung aus Kindertagen? Von wegen »Heile, heile Gänschen«. Sobald sich eine Ambosswolke bildet, sticht es am Meniskus, als wolle jemand mit dem Messer ... Sie wissen schon. Alternativ die Hüfte, das Kreuz, der Zeigefinger, die linke Schläfe. Und die Fenster gehören auch mal wieder geputzt. Aber bei dem Regen, der Sonne, dem Nebel ... Tja, das arme Wetter muss immer herhalten. Für stundenlanges Starren auf Bildschirme. Für das Bedürfnis, immer und grundsätzlich alles perfekt machen zu müssen. Den Haushalt, den Job. Für das Ziel, die perfekte Frau zu sein. Oder der Mann, der alles im Griff hat. Hin und wieder könnte man sich doch den ganzen Tag auf dem Sofa ausstrecken und nichts tun, oder? Einfach die Augen schließen und dösen. Aber die Kinder, die Kinder. Die reagieren ja auch auf dieses Sauwetter. Aber im Gegensatz zu den hart arbeitenden Eltern drehen die dann richtig auf.

Da hilft nur eine ordentliche Dosis Koffein. Vorausgesetzt der Kaffee ist nicht alle. Und überhaupt. Blödes Wetter.

Abhilfe? Keine. Oder doch. Lassen Sie uns alle Widrigkeiten des Lebens mit ein wenig Humor nehmen. Das macht vieles Entspannter. Im Nachhinein ist es meist so schlimm nicht gewesen, nicht wahr? Manchmal spielen auch einfach nur die Hormone verrückt. Aber das ist dann Teil 3, den es erst in 2015 geben wird.

Und jetzt erst mal einen Kaffee. Bitte.«

In diesem Sonne - Verzeihung - Sinne.

Ihre Jo Berger

Kontakt

Haben Ihnen die Texte gefallen?
Dann würde ich mich ganz besonders über eine Rezension bei Amazon freuen.

Möchten Sie mehr über Jo Berger erfahren? Dann besuchen Sie mich auf meinem Blog oder auf der Facebook-Fanseite:

www.joberger.blogspot.de
www.facebook.com/JoBergerAutorin

Wir lesen uns?

Lesen Sie auch Teil 1 dieser Reihe

Warum braucht ein Mensch ein Multifunktionspuls-sensorenmessdings? Was ist das Geheimnis erotisierender Flaschenrückgabeautomaten und wieso müssen extrovertierte Vielblubberer nicht unbedingt zu den Schaumschlägern gehören?

Erhältlich bei Amazon als eBook & Taschenbuch

3821401R00054

Printed in Germany
by Amazon Distribution
GmbH, Leipzig